時兆文化

小黑五部曲之 小黑，大步向前走！

一隻 本性怯懦 的小狗
一隻 不知道怎麼面對離別 的小狗
一隻 會往好處想 的小狗
一隻 懂得放輕鬆 的小狗

作者｜馮家賓

錢紅艷

一隻膽小的小狗，
該如何面對逐漸老去的老母，
歡迎作伙來小黑的世界，
給個擁抱，一起陪牠走下去！

目次 》

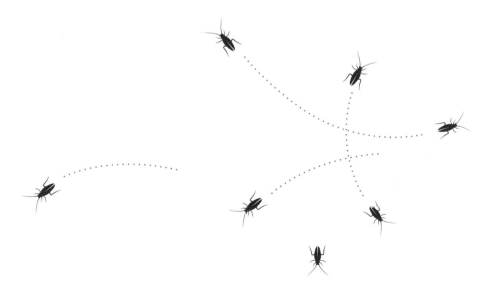

黃暉庭
臺安醫院院長

　　多多是在10年前的1月20日來到我們家，那時牠才兩個月大，想想牠今年也十歲了！多多這名字聽起來好像是菜市場名，我們都叫牠「ㄉㄨㄛˋㄉㄨㄛˋ」。

　　其實小時候的我，因為曾被狼狗咬過，所以我和狗並不親近。但在領養多多那陣子，因為一個很偶然的機會下，多多來到我們家了！記得剛開始的時候，我們全家人也是手忙腳亂的，因為我們沒有任何養狗的經驗，所以光是訓練如廁的問題就花了不少時間，也特別請家教訓練牠基本動作，其他一些小小的動作就由我來訓練……

　　多多雖然是個男生，但牠很愛乾淨，從牠不敢踩到自己的排泄物就可以看得出來；此外，牠也很黏人，平時人走到哪，牠就

跟到哪，連牠上廁所的時候都要有一個人陪牠去。平常牠跟我們睡，但有時候看見我們起床了，牠還會跑去別的床上繼續找人跟著睡；還有牠也很挑嘴，澱粉、水果類的食物都不吃……只吃水煮雞肉或是雞肉條，遇到牠喜歡吃的東西時就用哀求的眼神望著我們，讓我們很難拒絕牠。

多多開過幾次刀……像是因為拔牙、腫瘤、結紮。其實想想，養狗真的要花一些心思和時間在照顧和陪伴上面；另外，像是多多大約一歲的時候，那時候因為全家人一起出國玩了幾天才回來，這期間我們把多多交由友人代為照顧。可是當我們回來的時候，多多好像和我們變得很疏遠，把我們當作陌生人似的……所以自從那次以後，我們再也沒有全家人一起出過國了！即使有時候只是全家人外出一起用餐，我們都盡可能有個人墊後，只為了盡量不會讓多多自己待在家太久！

以前如果我出國回來，我都會從行李箱裡面拿出一個小玩具送給多多，當作是禮物！所以多多每次看到行李箱的時候總是會有些期待……有一次我竟然忘了帶東西給牠，看得出來多多有點失望，所以那次之後，我因為怕忘了或是沒有時間買小禮物給多

多，平時只要看到有可愛的小玩具，我就會先買起來收好，等到出國回來，把行李箱拿出來的時候，再一起拿出來給多多，當作是一份驚喜！

另外，多多的關節不錯，眼睛也好，但皮膚比較容易過敏……像之前有一次送去洗澡，那家寵物店可能一次洗太多隻小狗了，還是沖水沖得太大力？總之原因不明，但多多回家後兩隻眼睛竟然都很紅……店家解釋，是多多自己去抓眼睛的，但自從那次之後，我們就是一次自己洗、一次帶去寵物店洗，希望讓牠隨時保持乾淨，因為牠喜歡窩在人的身旁。

多多聽得懂國語和台語！有人回家的時候牠也會打招呼，而且不同的人有不同的打招呼方式，尤其是我回家牠一定先跑來在我身旁跳一跳叫幾聲，再衝回去告訴我太太並且咬著她的褲管到門口來。牠連跟人打招呼的聲音也不一樣！像牠就會親我的臉，可是和我小兒子打招呼或是睡覺前道晚安的方式就是身體翻來翻去，滾來滾去的，像是打打鬧鬧似的……至於我大兒子，因為平日我們沒有住在一起，所以大兒子回家的時候，多多則是用在沙發下面來回跑個好幾趟的方式來表示歡迎；還有如果家裡電話或

是傳真機發出聲音，多多也會用叫聲來提醒我們。多多會用各種不同聲調表達情緒，撒嬌的聲音代表要求，尖叫聲代表碰到牠的痛處，低吼聲代表不爽。當然牠也是有脾氣的！當牠發出低吼時，你又繼續逗牠的話，有時牠會回頭小咬你一口。不過牠馬上知道咬人是不對的，尾巴瞬間垂下躲到一旁。這時你再繼續逗牠就沒事了。

多多很喜歡坐車子！另外，因為之前牠打萊姆疫苗的時候有過敏現象，所以那支疫苗之後都再也沒有打了！為了安全健康起見，目前我們外出的時候是讓牠的腳不落地。我們想多多真是好狗命，太多人疼牠、伺候牠。所以我們常會藉機教訓牠要惜福，當然牠是不懂的。

我想也是因為多多的關係吧！所以等我退休以後，當狗狗志工也是我的選擇之一。

楊荊生 教授

實驗小學校長

希望帶出希望

　　沒有人喜歡住在髒亂、治安又差的區域；也沒有人喜歡與態度不佳的人共處；即便是宵小無賴也喜歡選擇品格操守佳的朋友。誰看過風？但當大樹鞠躬點頭，樹葉在枝頭搖曳，就是風吹過時。誰看過品格？但從行為者的表現中，就可瞭解他的品格。品格是可以傳承的生命，也是最有價值的資產。因此，第一聰明的父母留下品格，第二聰明的父母留下知識，最不聰明的父母則留下財產給子女。

一、希望是好品格

　　在希臘神話中，希望是潘多拉盒子中最後留下的東西。品

格代表真正的生命，希望是好品格的內涵之一，是積極的感情產出，意味著一定程度上的不屈不撓。

在網路上，曾經看到一個很美的故事。故事中的女主角是一個小女孩，在她生日那天，父親送給她一顆特別的種子。小女孩滿懷期待，每天辛勤澆水、施肥，巴望著種子發芽長大。但是日子一天一天過去了，種子長成了藤蔓，卻始終沒有開花，她感到越來越灰心。

有一天早晨，當她失望地看著這株藤蔓時，隔壁的老奶奶隔著牆探出頭來，笑著對她說：「謝謝妳！雖然我已經生病很久了，但是每當我看到妳種的藤蔓開滿了花，我的心情就會開朗起來。」

她驚訝地搬來梯子，探過頭去看，原來，藤蔓已經從牆縫中攀爬過去，在鄰居的牆上開滿了美麗的花！

當我們定睛在不如意的環境時，往往只看見失望和沮喪；但不要被眼睛欺騙了，因為在我們看不見的地方，已經有朵朵希望之花綻放了！

個體在尋夢、築夢的過程中，要採取行動成為生涯贏家，就

必須先多做心志鍛鍊、知識進修、人際關係管理、壓力調適、情緒管理、時間管理、注意運動休閒及家庭聯誼、發揮生活創意、動腦創新及自我增強的活動，有夢的人終可摘星；關鍵在於自己。只有自己最清楚自己要什麼，自己有哪些潛能；因此，了解自己，就能讓希望成為你生涯贏家何等大的助力！

二、希望能點燃自己的生命之光

在這個地球上73億人口中，有不同膚色、眼色、髮色和髮型、身高、臉型、頭型、鼻型、血型、遺傳性疾病等的人群，而各個不同人種當中，又有不同的國家或文化的個體。其實每一個人都是獨特的生命，無論性別、家庭、智力、個性、外表、成就……等，都有其特殊與他人不同之處，但都擁有相同的每天24小時的時間資源…可以用來學習及處理人生不同發展階段養生與送死的壓力及情緒，發揮自己生命的光與熱，體現自己生命的意義與價值。

當一個人體認到自己的生命是獨一無二的個體，是有價值、有意義的存在時，希望就能幫助自己點燃生命之光。生命之光正

是熱情的觸媒，可啟動神秘的力量，正向生命信念，引導生命的改變。若又懂得感恩，更將帶出各種美德，而獲得真正的成功。

三、希望是正向的邏輯思維

近年來心理學發展的新趨勢，是從過去著重於治療心理疾病與改善負向情緒，轉而追求健康成熟個體的心理研究。

正向心理學又稱為「積極心理學」或「快樂心理學」，2000年起在台灣也受到重視與廣泛推廣[2]。正面或積極思考指的是當個體遇到挑戰或挫折時，會產生「解決問題」的企圖心，並不斷的練習改變思路，強化正向力量並迎接挑戰。傳統心理學致力於使個體脫離、使生命痛苦的狀態，而忽略了生命最主要的目的乃是要找出生命的意義。正向心理學重視人不只是要改正個人的錯誤或缺點，還希望能找出自己的長處、自己的生命意義。

由於正向心理是一種信念，不是為了要爭取名利或是權力，而是一種信念來克服挫敗，並完成生命中具有價值及具創意的價值觀。正向心理是凡事往好的方面想，用正向心理來探索原來被認為不是有利的事情，例如至親骨肉的逝世，不怨天尤人，而相

🐾 | 11

信發生在自己身上的都是對自己有益的。正向心理是相信自己具有潛能，了解積極正向心理的驚人力量，更是正確的態度，比如信心、誠實、希望、樂觀、勇氣、進取、慷慨、容忍、機智、誠懇與豐富的常識等心態，能對自己傳送好的訊息。因為正向的感覺來自長處與美德，當我們的長處及美德被啟動時，良好的感覺隨即產生。有人歸納橫跨世界三千年的各種不同文化傳統，發現正向心理都不脫離智慧與知識、勇氣、人道與愛、正義、修養、心靈的超越這六種美德。希望促發運用正向的信念，引導生命往正向來改變。

四、希望的人生

　　人生雖然充滿變化與無常，卻是可貴與充滿盼望的，並有無限的可能。若因為造化弄人，而自暴自棄，忽略自己的生命價值，十分可惜。根據美國課程發展與管理協會的研究報告指出，品格教育不只是告訴孩子善惡是什麼，更重要的是培養批判思考與決策的能力，讓學生有能力做出好的判斷與選擇，並實際參與、實踐。1924年，史懷哲獲得諾貝爾和平獎時，記者問他：

「如何才能讓人生更有意義？讓生命更豐盛？」

史懷哲簡潔的回答：「一有工作可作；二有對象可愛；三有盼望可想。」這何嘗不是有意義人生的寫照！

本書作者家賓以單純但是敏銳的眼光，將觀察反思所得「集結成冊」。透過10個小故事，播下「希望」的種子，使自己的人生充滿理想。人生只要用對方法，掌握對的方向，個人雖然渺小，有時候卻仍可成就非凡。要在有限的生命中，盡量的效法成功者的優點，接近正能量，人生將充滿超乎想像的機遇。當品格教育改變了個人，也就改變了社會、國家，最終藉由每個國家的重塑而改造全世界。

人生是一趟單程的旅行，只有在腳下真實走過後，留下的每一步痕跡才是意義。電影《一路玩到掛》描述億萬富翁愛德華與藍領工人卡特本來是生活在兩個不同世界的人，由於兩人都患上不治之症而住進同一間病房，成為病友。卡特有一個秘密小本，上面記錄的都是一些他想做卻未曾實現過的願望，他稱之為遺願清單。面對時日的不多，愛德華與卡特都察覺到人生中還有很多未竟的心願與夢想，兩人最終決定離開陰暗無望的病房，將有限

的生命投入到無限的人生夢想實現中。《一路玩到掛》電影的英文原名是The Bucket List，因此也有人將片名譯為遺願清單，講述如何戰勝人生遺憾的動人故事。愛德華以他的雄厚財力幫卡特領略到未曾奢望過的冒險生活，卡特則以他睿智的人生觀幫愛德華走出絕望的心境。因為他們共同的願望，穿梭在世界各地，如極地冰原、印度、開羅、北京、香港、西藏……，連袂高空跳傘，在長城上飆摩托車，開跑車跨越極限賽道，充分享受夢想成真的快感。在此過程中，兩人各自對人生也都有了全新的體驗與理解。

五、品格教育已成為顯學

　　品格教育是時下全球教育界的新顯學，公認品格為新世紀人才的必備能力。品格教育是教導人類基本價值的活動，協助孩子了解、欣賞，以及表現出好的行為。然而好品格的發展並不是一件容易的事，孩子的品格發展不能單單只靠學校的推動。孩子第一個且是最重要的老師是父母，家庭有更多的機會協助孩子品格的發展。父母親更是無時無刻地都在影響孩子，孩子會同時注

意到父母的正向及負向行為，因而父母在向孩子解釋前必須先示範，身教重於言教。

1 品格的形成在家庭

　　有越來越多人認為「品格決定大未來」，品格教育的推展刻不容緩，但孩子從小在家庭中成長，品格是一種內隱的學習，是長期模仿、觀察、內化結果，它是一個潛移默化的歷程。所謂內隱是一種不知道什麼時候學的，也不知道怎麼學的。

2 品格的發展在學校

　　台灣九年一貫中小學的課程中，品格教育不再設科教學，而是將品格教育列為重大教育政策。肯定品格教育乃教育之核心本質，是兼顧知善、樂善與行善之全人教育，亦是對社會文化思辨與反省之動態歷程。透過學校教育，強化與時俱進之品格學習，藉以促進家庭、學校及社會教育之良性循環。

　　學校的教育專業在引導家長與社會方面責無旁貸，透過學校課程或活動，建立品格教育之核心價值、行為準則，型塑「學校

本位之品格校園」。提升家長、社區對於品格教育之重視程度，並增進其對於當代品格之核心價值及其行為準則之認識與實踐，進而發揮家庭、社區教育之德育功能，期與學校教育產生相輔相成之效。

❸ 品格的驗收在社會

社會是實踐教育成果的場所，也是每個人成長的另一大階段與最終目標將優良傳統傳承至下一代。父母們對子女的無限期待，教養成了一大學問，有的家庭過度溺愛，有的是養而不教，導致孩童普遍抗壓性不足且價值觀混淆、道德低落，不僅引發社會問題也造成整個國家根本動搖。

蘇格拉底（Socrates，BC470～399）說：「未經檢討反省的生命是沒有生存價值的生命。」透過生命品格教育，個體充分的認識生命，尋找生命的目的，並使生命活出最高價值，也就是生命的真義。品格教育與一般學科教育最核心的差異點是「品格不能用說的」，而是要用自我超越的生命能量展現出來的。活動課程中的經驗也不會自動變成態度，而是從反思的深度影響態度與行

為的品質。因此,願此書能藉著傳遞希望的種子將品格教育的目標,透過體驗學習,來改變自我。

[1] 教育學博士、職涯諮詢師,曾任第三屆國民大會代表,台東師範學院(現為台東大學)副教授兼學生輔導中心主任、實驗小學校長,致理技術學院通識教育中心主任,台東縣福州十邑同鄉會理事長,台東縣青溪婦聯會主任委員,中華生死學會理事長等重要職務。現為空中大學兼任副教授,Career 就業情報職涯學院職涯顧問,財團法人俊逸文教基金會董事,社團法人中華基督教今日傳媒發展協會理事長。

[2] 楊荊生 (2006)。正向心理與生命關懷。取自:http://www.ncsld.org/sha2.htm

李韋蓉
康健雜誌名家觀點專欄作家
國立陽明大學心理師
杏語心靈診所資深治療師

著作
《我們的愛情，病了：那些在愛裡，不能記得的事》

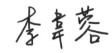

你擁有的時間就是生命

　　每個人都一樣，總會在一個意想不到的路口，遇見歲月的消失，體認無法卸掉的宿命。然後才有機會從這一刻，開始長大，小黑也不例外。

　　總在依依不捨的離別之後才會明白，一個人要回去的地方其實就在不遠之處。這些分分合合的兜轉，只能靠著體力的消耗去慢慢體會，從來都無法輕鬆，也不能輕鬆。只有在生命最艱苦的坎上，才能明晰地感受它存在的溫度。

小黑這一次遠遠近近看了一圈,慢慢讀懂了生活就是生與活。牠了解了有些發生雖然不合理,但還是必須相信,有些愛並不牢固,但牠還是需要依靠。

每一次的挑戰都不容易,然而牠必須做出決定。等出來的永遠是命運,活出來的才是牠的人生。

劉冠宏
台中東海靈糧堂　管理處長

《聖經》上說：「如今常存的有信，有望，有愛這三樣，其中最大的是愛」。（哥林多前書13：13）

近年來「不婚、不生、不養」的社會現象已經成為我們國家、社會必需面對解決的問題，低生育率、少子化甚至已經成為國安問題。主要都是源於這一代以及下一代對於環境充滿不安全感與擔憂，對於未來也缺少信心與盼望。因此我們需要給年輕人的是信心與盼望，然而，「愛」又是這一切力量的來源，因為只有「活在愛中」的人才能有信心去面對挑戰、心生盼望並學習去愛人。

作者家賓透過本書帶領你從另外一個角度，小黑（拉不拉多

狗）的高度近距離地觀察分享「老大」這個充滿愛與溫馨的家庭
的生活點滴與趣事。

　　這是一本能使你在快速節奏的生活中慢下腳步，並引發你開
始細微察覺並享受身邊美好事物的好書。

　　願各位讀者都活在「愛」中，享受愛人與被愛。

錢紅艷
籃球女孩

  2000年10月，一場車禍將當時年僅4歲的錢紅艷捲入車底，車禍導致她骨盆以下全部截肢，終日只能躺在床上。從此，她失去了行走的機會，上學、站立、簡單的願望變得困難重重。手術後的她一直待在家裡，為了讓她能夠「走到外邊去」，家人想了很多辦法。

  後來爺爺給她剪了個籃球套上，然後再用木頭做了兩個「木手墊」。錢紅艷慢慢地借用籃球「一步一步」地挪動身體，開始了借用籃球「走路」的生活。

  2003年10月，雲南省交警總隊總隊長馬繼延邀請著名舞蹈家——雲南省交通安全形象代言人楊麗萍，一起到她家看望她，並給她生活上的信心和鼓勵。

2005年在北京公安部、雲南交警總隊及北京康復研究中心的支持與幫助下，她安裝上了義肢，終於可以獨自行走了。

　　她於2007年8月在雲南青少年游泳俱樂部正式接受專業的游泳訓練，已參加多次全大陸殘障人士游泳錦標賽，獲得無數獎項，亦代表中國大陸參加2016里約殘障奧運運動會。

　　2017年7月，曲靖市陸良縣殘聯幫她安排了一份工作，讓她將來的生活有所保障。

　　錢紅艷目前專職是雲南省殘疾人游泳運動員，她希望繼續努力，取得更好的成績。

馮家賓

有希望的生活

　　「你不覺得當你看到滿屋子的老人……有人正躺在病床上，身上插著管子、有人坐輪椅、有人需要餵食……是一件很令人難過的事嗎？」這是幾年前坐在我旁邊的同事突然跟我說的一段話。

　　當時這位同事的父親已經過世，她的父親過世前幾個月因為生病住在安養院，所以這些體悟可能是在照顧她父親期間的親身感受。

　　但當時的我單身未婚，沒有小孩，也不知道腦袋裡面裝的是什麼東西……第一個感覺只是覺得這位同事跟我講這些話，是因為她太思念她父親的緣故，所以才會有這樣的感觸。

　　一直到好幾年後的今天，我結婚了，也有了孩子，我才真正明白為何這位同事敢在房價這麼高的台北市連生三個孩子。除了她和她先生本身都很喜歡小孩以外，我想最關鍵的點是她比當年的我想得更遠——那就是有一天當我們自己也老了、生病，或是倒下了以後，如果你所見到的、所聽到的、所接觸到的都是那些比你更老、更病重的人，你會不會覺得人活著好像沒有什麼希望了？

　　所以現在的我才真正體悟到原來孩子就是希望……尤其是當老人看到孩子的時候。

　　所以「希望」對我們而言有多重要？如果生活裡而失去希望、沒有希望，或是看不到希望，人活著還有多少意義呢？

小黑從老母手中接下擔任老大一家人守護犬的棒子之後，就開始和老大一家人朝夕相處，一起生活。

　　雖然日子看起來就這樣一天天的過下去，但小黑卻發現以前一直都很健康的老母，突然有一天就跑不動、也走不快了；還有牠以前可以很容易的就看出老大在想什麼，但現在卻要猜個老半天，還不知道她在想什麼。另外那個新來的小貝比弟弟好像也讓老大爸媽一下子就變得忙碌了許多……到底是什麼原因讓老大家的生活起了這麼多的變化呢？

　　小黑有可能從以前原本簡單的生活，一下子去適應這麼多不同的變化嗎？牠又該如何去面對這些不同的變化呢？

主要角色介紹》

難忘的一天

第 1 篇

「**呼**……呼……呼……深呼吸……吐氣……再深呼吸……吐氣……」現在想起昨天發生的事，還是讓我覺得全身不舒服，渾身好像都還在打冷顫似的，隨時都可以被嚇到跳起來！

「我不管怎麼想、從哪邊想起，都覺得昨天真的是太可怕了！」我希望以後都不要再遇到和昨天一樣的事情了。

其實昨天和老大一家人剛出門的時候，一切都還很不錯，有太陽、有微風……老大爸爸就決定在這麼棒的天氣帶我們去球場運動。

之前我就常常聽到老大爸爸、媽媽在聊說他們搬來的這個新城市天氣真的很好！除了比較不下雨之外，還常常可以看到太陽！「不像以前老大爸爸、媽媽住的那個舊城市，不只潮濕，而且還常下雨！」

「舊城市除了天氣沒有很好之外，也顯得比較擁擠、狹小……」所以自從搬來這個新城市之後，每個週末老大爸媽不上班、老大不用上學的日子，老大一家人幾乎都會出門做一些戶外活動：像是散步、打球、騎腳踏車、野餐、放風箏、去海邊玩……等。所以老大爸爸、媽媽常說能夠住在這麼棒的城市真的是很幸福的一件事，不是嗎？

「說真的，跟老大一家人生活在一起，我也跟著他們去過不少地方，所以大公園、大草坪、大湖泊……我也是看了不少，跑了不少的！」嘻嘻！「我早就習慣身邊有這麼空曠、寬敞、舒服的大自然美景了。」我真的很幸福耶！耶！耶！耶！

「可是就在昨天……」

唉……但就在昨天卻讓我突然對身邊這些美麗的風景產生了

一些畏懼！「真的！不誇張！以後如果還要去有很多草的地方，我看還是要小心點比較好！」

　　事情的經過大概就是昨天玩到快黃昏的時候吧！「當老大爸爸打球打得差不多時，老大媽媽也和老大玩拍球、傳球、跳繩、飛盤……玩累了坐在球場上，就是那種有點軟、又有點硬的地板上休息沒有多久之後，老大爸爸看天色慢慢暗下來，就提議我們該離開那個球場了！」

　　「畢竟一出了球場，外面可是一片又一片的大草地……如果想要走到大馬路上還要先穿過這些大草地才行哩！所以既然天都暗下來了，就要趕快走了！」老大爸爸這樣說。

　　但是當老大爸、媽一開始要我離開跑了整個下午，趴了整個下午在那邊又曬太陽、又吹暖風、不知道打了幾個大哈欠、伸長了幾次懶腰的地方時，我心想：「我還真的不是那麼捨得離開啊！」

　　所以我就故意在那邊「嘻嘻……哈哈……嘻嘻……哈哈……裝作有點聽不太懂，又有點聽不太到老大爸爸叫我起身準備離開的這件事。」

說實話……

　　我當時心裡只想著：「急什麼呢？」是不是？

　　「我真的好想繼續趴在這麼舒服的地方呢！」後來是因為看到連老大都站起來、幫忙把球、跳繩、飛盤、水壺這些東西收進袋子裡去，我這才不是很甘願的起身，跟著他們搖搖尾巴準備要走了。

　　後來當我們走在一下子又是草地、一下子又是水泥的地上，「說真的！心裡真是放鬆到不行了！尤其身邊還有微風一陣一陣的吹過來……」

　　但是就在我滿腦子覺得這個下午過得非常舒服的時候，老大爸爸和老大媽媽幾乎同一時間一個大喊：「我踩到蛇了！」另一個大喊：「有蛇啊！」接著就看到老大邊跳起來、邊叫說：「在哪裡？哪裡有蛇啊？」

　　也幾乎在同一時間，「我看到老大爸爸的腳前方有一條好長、好細、好像繩子的東西，跑離開老大爸爸的腳！不知道是什麼東西？自己跑離開老大爸爸的腳就算了！跑的姿勢還真怪……一下子往左，一下子往右，一下子又往左，一下子又往右，身體

則是緊緊貼著地面……快速地前進！」

「這到底是什麼東西啊？」我真的第一次看到！

我也顧不得當下我的站姿、還有跳起來的姿勢！

「難道這就是蛇嗎？」

記得老母在離開我，離開老大家，搬去和老大外公、外婆住之前，好像有跟我提過這種動物，說什麼這種動物還是「少碰為妙！」

「牠實在是跑太快了！一下子就跑到草長得比人還要高的地方去了！」我根本來不及看清楚啊！

但是……

「牠倒好了，自己跑走就沒事了！剩下老大一家人和我站在原地，嚇到一動也不敢動的……還外加發楞！」說實話，當我回過神來以後，我還真的有點懊惱！「怎麼這麼容易就被嚇到了呢？」

「你沒事吧？有被咬到嗎？」老大媽媽好像也回過神來了！滿臉又是緊張、又是焦急地趕緊問老大爸爸。

「我……好像踩到牠了！」老大爸爸一邊想著、一邊很小心似的脫口說出這句話。

老大爸爸似乎也在回想剛剛事情發生的經過……「就這樣，我們大家站在原地至少有好幾秒鐘，你看看我、我看看你的，然後老大爸爸、媽媽決定要快速地離開這片草地了。」

後來我們即使是踩過短到才剛冒出頭的小草，老大爸媽這下也不邊走邊聊天了！

「我們共同一致的目標就是快步通過這片大草地！盡量走水泥地，反正大家都提高警覺，趕快離開這片大草地就是了！」

「走！快點走……走！快點走……」

也不知道走了多久……好不容易，真的好不容易喔！終於走到大馬路上了！就是有車子開來開去的地方！

「如果你們以為驚險的故事到這邊就結束的話，那你們就大錯特錯了！」

「你們相信嗎？」

「我們後來走在馬路上，又遇到一隻突然跳出來的貓！」

但是剛開始的時候，可能是因為天黑、路燈太暗、或是我們還處在剛剛很恐懼的情緒下，還是其他原因之類的，我們竟然被那隻突然跳出來的貓給嚇到全部都跳起來，真的！不誇張！因為我們以為看到的是一隻大老鼠還是什麼的……

「呼！我的天啊！太可怕！太可怕了！我不知道日子可以過得這麼驚險！」我也不記得自己有哪次這麼害怕草地過？或是只想走在馬路上？

我竟然會這麼想趕快離開我覺得最舒服的草地……

「我要回家了啦！快點！快點！」我真的這麼想。

當下我真的恨不得我就是一隻會飛的大鳥，可以帶著老大一家人趕快飛回家。「最好是腳完全都不用著地，這樣就不怕會踩到，或者會遇到什麼鬼東西了！」

「好不容易……好不容易喔……」我的天啊！

終於平安回到老大家了！我一邊聽著情緒還停留在緊張、亢奮的老大一家人對話中，一邊暗自懊惱著：「我的鼻子是怎麼

了？為什麼我在草地上會聞不到附近有其他動物的味道呢？」

「我怎麼搞的？」

雖然我小黑沒有看過蛇、也不知道蛇身上應該會有什麼味道……「但是無論如何，我小黑難道聞不出有任何特別、不一樣、奇怪、沒聞過的味道嗎？」我真的很氣我自己！

「唉！我的鼻子到底還能不能用啊？該不會只剩下呼吸的功能了吧！」我還年輕啊！我距離老母說她自己聞不太出來味道的年紀應該還差很遠呢！

「說真的！後來我實在是沒有什麼心情再聽老大爸媽、老大三個人在那邊興奮的說著剛剛那段全家遇到蛇大叫、又跳起來的經過……我只自顧自地走回我的窩裡去了！」

「沒有想到遇到蛇的恐懼會影響我們這麼大，大到我們連之後都會被突然跳出來的貓給嚇到全部跳起來！真的太可怕了！」

「這樣我們以後去有草地的地方，我還能保護老大一家人嗎？」我本來以為有草的地方最安全，沒有車子又可以放心的讓我跑啊、玩啊、跳啊呀！

「咦？等一下！等一下！會不會就是因為我昨天太過放鬆、太大意了……所以才沒有聞出有不一樣的味道？」

「嗯……我可能就是太放鬆了！」

「以為昨天去的草地和之前去的所有草地一樣，除了躺著、趴著很舒服之外，沒有別的字眼可以來形容這片大草地了！」所以心裡才會想著在這麼安全的草地上，還能遇到什麼事情呢？是不是？

「嗯嗯……」我真的是太大意、太過放鬆、太不小心了！

「好險老大一家人都沒有事！只是被蛇嚇到而已！」真不敢想像如果他們當中哪一個人受傷的話，我該怎麼辦才好呢？我肯定不會原諒我自己了！

「都是我不好！」

我沒有在他們之前先聞到危險，告訴他們有危險的東西就在附近，所以「要小心！」「好險他們一家人都沒有事！」不然，我真的會很難、很難原諒我自己！

「怎麼搞的？」我只是曬個太陽，就曬到忘記聞出危險了？

「怎麼搞的？」我小黑真的有這麼大意嗎？

「好險！真的好險！這次沒有事！」老天對我小黑真好！用這次的事情打醒我！不要以為安全的地方就會永遠安全！因為即使過去一直都是安全的地方，未來還是有可能會不安全的！所以每次還是要小心⋯⋯「畢竟外面不比家裡安全！」

「咦？對了！」

昨天後來好像有聽到老大爸爸說：「在我踩到蛇之前，我好像有聽到像是在喘氣的聲音，從地面上傳來⋯⋯剛開始我還反應不過來，結果沒一會兒，我就踩到蛇了！」

「所以從地面上傳來喘氣的聲音⋯⋯難道這就是蛇要出現了的徵兆嗎？」我不懂。

「畢竟我沒有看過真的蛇！而且昨天在草地上看到的也只是蛇的背影而已！我得要好好研究蛇出沒的方式，還有哪些情況代表有蛇在附近！」我記得老母以前說過，她遇到的蛇是掛在樹上、從樹上垂下來的！

「哎喲！不要再想了！」

「下次遇到小白或是阿德牠們，再好好去跟牠們請教一下！看牠們對蛇的了解有多少？或是再看到電視上播放有關蛇的節目時，要好好仔細的看，接著就要把牠給記下來！」不開玩笑。

「畢竟老大一家人不可能因為怕蛇、或者擔心出門遇到蛇，以後就再也不去公園、不在草地上曬太陽做運動了吧！」這說不過去啊！

「目前頂多就先這樣！」我還是很懊惱。

「就是去公園、有草的地方還是不能太大意……」不能只是頭抬著到處看東西，絕對不能忘記，還是要常常將頭低下來東聞聞、西聞聞的……

「畢竟我小黑是隻狗啊！鼻子是我全身上下最好、最棒的武器了！如果不會用它的話，那我還算是隻狗嗎？」是不是？我講得有沒有道理？

「所以下次去有草的地方就這麼辦吧！可千萬別又被太陽給曬昏頭了喔！」

「還有一點……」

就是當以後「老大爸、媽說要離開草地、離開什麼地方的時候，我就真的要乖乖聽他們的話！要趕快走了！不要捨不得、不要猶豫，免得天色越來越暗，都看不清楚地上有什麼東西了！」

「唉……昨天真是太可怕了！我到現在光是想想，就又嚇出一身冷汗了！呼！不要想了！不要想了！」

昨天真是難忘的一天啊！

沒有緣分的食物

「哇！又是魚刺！」老大爸爸飯才沒吃幾口，突然就大叫了起來，趕緊把手上的碗和筷子放到餐桌上。

「怎麼啦？還有魚刺啊？」老大媽媽一副很擔心、訝異的樣子。

「奇怪了……我明明就挑得差不多啦！怎麼還會有呢？」老大爸爸看起來很懊惱的樣子，還邊說邊搖頭、邊不相信似的，用手把嘴裡的那根魚刺拿出來。

「算了！算了！不吃了啦！」老大爸爸好像下定決心，又有點像是負氣的樣子，把還在他碗裡的一小塊魚肉給挑了出來，然後狠狠地放在餐桌上。

看起來老大爸爸又會有一段不算短的時間，完全不碰、不說、不看、不吃魚了……但是「老大爸爸為何會對魚刺的反應這麼強烈、快速又直接呢？」

聽說都是小時候那一次啦！

「老大爸爸本來高高興興的在吃飯，結果沒一下子，魚刺就卡到喉嚨，而且那一次好像是因為魚刺弄很久都弄不出來，很嚴重，所以造成日後老大爸爸對於吃魚都會有些心理陰影、障礙！」

真的！老大爸爸自己也說：「從那次以後，我對吃魚總是抱持著高度的警戒，不管是在吃魚之前挑刺或是吃魚之後，反正要咬下去的每一口都要很小心、很小心，絕對不能太大意就是了……」

所以從那次以後，一直到現在已經當了爸爸還是一樣！「一聽到吃魚，反應就是這麼強烈……老大爸爸真的好可憐喔！」和我比起來的話，唉！

「那次應該是有被魚刺嚇到吧！……不然怎麼到現在還是對

吃魚這麼抗拒呢？」

　　後來聽老大爸爸自己說：「我也想過總不能一輩子都不吃魚吧！魚是好東西耶！應該就只是因為那一次太大意了！或是運氣不好，所以才會吃到魚刺！反正下次吃的時候再小心一點就是了⋯⋯」

所以呢？

　　過了一陣子以後「當老大爸爸又要開始嘗試吃魚的時候，每次一開始感覺總是一副大陣仗的樣子⋯⋯真的！不誇張！」

　　從老大爸爸事前的心理建設，像是問老大媽媽「這種魚，魚刺很多嗎？」到很認真的在選擇要夾起哪一塊魚肉？到很小心、很仔細、眼睛張很大的在挑魚刺⋯⋯等所有事情都已經確定好了，「這下總可以很放心、很安心的吃魚了吧！呼！」

　　「哈哈！這麼多的流程，只為了口中的那幾口魚肉而已喔⋯⋯真的！很不可思議吧？」

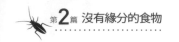

當然囉！

「既然事前的流程、步驟都這麼多了……所以想當然的，這中間也有幾次是吃魚完全都沒有問題的！」那幾次「可以明顯感覺到老大爸爸是真的非常、非常的高興，每次吃完魚以後好像都鬆了一大口氣似的……」

可是即使「事前的流程、步驟都這麼多了……但你們相不相信，這中間還是有幾次，真的是有幾次喔！就像今天這樣竟然還會吃到魚刺的！」

「天啊！怎麼會這樣呢？」我真的不懂。

「所以如果還會吃到魚刺的話，就可以想見老大爸爸有多麼懊惱了吧！」這真的是完全可以理解的！老大爸爸真的好可憐喔！

如果「我是老大爸爸，想吃個東西還要這麼累、要這麼多的步驟、要這麼小心的話……那我可能就不會想要吃了吧！真的！」因為實在是太麻煩了啦！

但是……

「不知道一般人吃到魚刺，或是被魚刺卡到喉嚨的機會，是不是跟老大爸爸一樣多呢？還是老大爸爸真的算是很頻繁了？」

因為老大家真的是不太常吃魚！所以也沒得比較或是研究，「但是看到老大爸爸這次又吃到魚刺……我想下次應該又會要隔很久很久以後才會在老大家的餐桌上再看到魚吧！」

所以「對老大爸爸而言，沒有緣分的食物是魚，那對老大媽媽而言呢？沒有緣分的食物又是什麼？」

「嘻嘻……嘻嘻……你們絕對猜不到……是鳳梨！沒錯！就是它！而且這不只是次數的問題，而是每次都有問題喔！」

「不相信吧？」呵呵。

「聽說很多人都喜歡吃鳳梨……而且他們吃完鳳梨以後好像也沒有發生什麼事！但怪就怪在老大媽媽每次只要吃完鳳梨，當天晚上一定都會有問題！像是嘔吐、發燒、全身不舒服……」

奇怪了！

　　「老大媽媽每次在吃鳳梨之前都沒有事啊！可以說是一直都好好的！」但不知為何每一次吃了鳳梨之後，真的！每一次喔！到晚上睡覺前就一定會有事情發生，像是無緣無故的吐了或是發燒了！

　　不可思議的是「當時和老大媽媽一起吃鳳梨的人像是老大爸爸、或是老大外公、外婆、老大他們……大家都好好的！沒事！怎麼就老大媽媽一個人老是有事呢？」這是怎麼搞的？

　　是「老大媽媽正好吃到壞掉的鳳梨？」還是「老大媽媽的身體本身就不能接受鳳梨這種水果呢？」

　　「因為已經發生過太多次這樣的事情了！所以也不能老說是老大媽媽吃到的那幾塊鳳梨有問題啊！哪有人運氣這麼差的？是不是？其他人吃到的鳳梨就是好的，就老大媽媽吃到的那幾塊鳳梨每次都是壞的？」不可能吧！這運氣也未免太壞了吧？！

　　所以「我想了很久！問題應該是出在老大媽媽的身體不喜歡鳳梨，所以身體才會有這些排斥的反應……」

「真的！不誇張喔！每次吃，每次都有事！」所以現在老大媽媽已經完全不碰鳳梨了！不管是在家裡還是外出，她都不碰鳳梨……

不要說是買鳳梨了啦！

就「連平常我跟老大媽媽去菜市場買菜、買水果的時候，老大媽媽如果眼睛會看到鳳梨，那肯定都是不小心的！」但是即使是看到鳳梨以後，老大媽媽還是會跳過鳳梨買別的水果，像是香蕉、小番茄、芭樂、橘子、葡萄、蘋果……

「她從來沒有一次是自己買過鳳梨的！真的！在家裡出現的鳳梨都是別人送的！」

所以老大爸爸是「魚」、老大媽媽是「鳳梨」……「你們可以想見這兩種食物基本上是不太會出現在老大家的餐桌上……知道原因了吧！」

至於老大呢？老大好像什麼東西都可以吃一點！但要小心的就是一次不能塞滿整個嘴巴！或是吃什麼東西吃太快、吃太大塊，不然等一會可能就噎到或是肚子不舒服。

　　對了！話又說回來，「你們也不要太替老大爸、媽感到可惜了！因為我還聽過有人是不能吃花生、海鮮的！」

　　聽說是因為吃了花生以後，呼吸會不順；吃完海鮮的則是身上長疹子……「這些好像都算是過敏！至於嚴重程度的話則看人而定了！有些比較嚴重的好像會不能呼吸，或是疹子長滿全身、抓不停……」

「這些好像都需要看醫生、吃藥才會好哩！真的喔！」

所以說「沒有緣分的食物，如果試了幾次以後，結果都是不好的……那就學學老大媽媽吧！」反正不要碰就是不要碰！不管當時肚子有多餓、或是食物聞起來有多麼香……「反正，不要碰就對了！免得吃的時候很高興，但是等到身體出現反應的時候，那可就難過了！」

講到這裡……

「真的好感謝老大一家人喔！我小黑……好像和老大一樣！目前為止好像都還沒有什麼東西是一定不能吃的！或是盡量避免不要吃到的！」

反正我如果覺得「肚子有點怪怪的，或是吃完東西哪裡有不太對勁的地方，我就會趁老大一家人、帶我到樓下去散步的時候，找個空檔，不被別人發現的時候，趕快偷偷吃一些土！」

是的！沒錯！就是吃一點點的「土」！

這是老母在離開我之前教我的！她說：「其實土是可以治療腸胃不舒服的！」我也不知道土裡面含有什麼東西？反正我實驗過幾次了！「真的！好像吃土真的有效耶！但是老大一家人卻不准我吃土！哎喲！其實是他們不懂啦！」

像現在我們去老大外公、外婆家玩的時候，老母偶爾還是會提醒我說：「如果肚子哪裡不舒服的話，趕快吃一些土，過一會兒就會好很多了！」真的！

「嗯嗯……所以能吃真的是一種福氣耶！一般來說，在吃東

西的當下，或是吃完東西以後，都不用擔心吃錯食物，或是擔心等會身體會出現排斥食物的反應……只要能夠吃飽飽的坐著或趴著休息，然後整個腦子放空，頂多就是聞著唇齒之間剛剛吃過的美味食物，那真是再幸福不過的事了！」

「可以放心、安心的吃啊……這是多麼幸福的一件事啊！」

對了！對了！

　　「說真的，這也要感謝老大一家人幫我把關食物！像他們就會很堅持不讓我吃垃圾桶裡面的食物」不管我再怎麼用可愛、無辜的表情，一直站在那裡不放棄的看著他們，他們不讓我吃、就是不讓我吃，「連讓我聞一聞都不行喔……可能是怕我會忍不住想要去偷吃吧！」

　　所以有可能是「老大一家人先幫我擋掉那些和我沒有緣分的食物……所以其實不是我什麼都能吃！而是老大一家人對我的愛，讓我到現在對任何食物都沒有恐懼……」嗯！不論如何「都要謝謝老大一家人！真的！」

　　想想「即使有些食物不能碰、不能吃、不能知道那個味道、那個口感……」但和老大一家人對我的愛相比，那些都不重要了吧！真的！

　　「沒有緣分就沒有緣分吧！」

天生的逃脫家（上）

第3篇

「碗要趕快洗起來了！」老大媽媽看起來有點像是在趕時間。

「怎麼啦？才剛吃完飯？先來坐一下吧！洗碗不急啦！」

看老大爸爸一臉悠哉地坐在客廳沙發上，手上拿著報紙，好像準備開始要看報紙的樣子！

　　「不行啦！已經有蟑螂在琉璃台附近爬來爬去了！」老大媽媽準備進廚房，要帶起洗碗手套了。

　　「我跟你講……你碗裡面就全部先放滿水，蟑螂遇到水肯定跑不了的！很快就會被淹死了啦！」老大爸爸不放棄、繼續說服老大媽媽先不急著洗碗，先來客廳的沙發上坐著，休息一下。

　　聽到老大爸媽以上的這段對話……「嗯……該怎麼說呢？消滅蟑螂，或是把蟑螂全部都趕出老大家是我現在最首要的工作嗎？」

唉！有點頭痛……

　　是這樣的！雖然我小黑呢……喜歡交朋友，也主動、願意、不排斥和其他種不同的動物作朋友，但是就對目前常常出現在老大家的蟑螂來說……「我可能還是得再想一下！」

　　我到底得用害怕、討厭，或是用哪種心情來面對這些長相原本就不討我喜歡、也不討老大一家人喜歡的蟑螂呢？尤其是當牠們比較頻繁地出現在老大家，而且擺明就是會影響到老大一家人心情與生活的時候。

沒看到牠們的時候就算了！

　　「反正牠們的身體那麼小，隨便一個沙發底下或冰箱、櫃子下面牠們都可以躲得好好的。說真的，平時也礙不到我小黑什麼！」所以我也不會特別想把牠們找出來。即使是在我很無聊的時候，我也不會趴在沙發或是冰箱下面，苦苦耐心的等待牠們自己跑出來，就只為了要看牠們跑來跑去，或者只是為了在一瞬間看到牠們突然從我眼前飛起來的那種驚恐畫面。

　　但是當牠們真的出現的時候……「媽呀！說真的，即使是在我很愛睏的時候，或是吃飯吃到一半的時候，我還是會像有一陣冷風吹到我身上似的一定渾身先打個冷顫。接著身上的毛髮全部都豎起來站得直直、像枝筆似的處於隨時警戒的狀態，就只是因為看到有隻蟑螂不經意地從我的眼前慢慢爬過去……」

　　真的！就只是從我的眼前「慢慢」爬過去而已喔！我的反應就這麼大！沒騙你們！

所以……怎麼辦呢？

　　我真的好像從頭到腳都不喜歡蟑螂這種動物耶！不管是牠們的長相或是爬行的樣子……「我小黑好像從來沒有對其他任何動物有這樣強烈想避開的感覺，明明牠就是這麼小一隻、礙不到我什麼啊！」

　　難道是因為上次有隻蟑螂突然在我眼前飛起來，而且竟然就這樣沒打聲招呼、很沒有禮貌的停在我的鼻子上面和我對看的關係嗎？所以我才開始對蟑螂有這麼不一樣、討厭的感覺？是這樣嗎？「是因為我被蟑螂嚇到？」

　　哎喲！「蟑螂為什麼要來老大家啦！如果不來的話，不是很好嗎？」那我就不會被牠們嚇到、也不用想著要怎麼消滅牠們啊⋯⋯

　　哎喲！外面明明有那麼多的地方可以去，為什麼偏偏就是要來老大家呢？

真是的！

　　憑良心講：「如果我在外面的街道上看到蟑螂⋯⋯我根本就不會想要對牠們怎麼樣啊！」更何況是想要消滅牠們呢？

「怎麼辦啦！現在想起來還是有點怕怕的……那次怎麼真的就這樣停在我的鼻子上面呢？」真的太可怕了！呼！

唉……說起來，我也不是現在才知道老大家有蟑螂，或是現在才知道什麼叫做蟑螂，只是因為最近蟑螂真的出現得太頻繁了……「頻繁到害我滿腦子無論何時何地想的都是牠們。」

但是話又說回來……

「為何之前我會容忍蟑螂在老大家出現呢？」這我就得仔細想一下了！

是因為「當初懶得抓牠們，所以只好容忍牠們在老大家生活？」畢竟牠們也像蚊子一樣……可以躲的地方實在是太多了！而且只要是個小洞就可以躲起來，抓都抓不到「所以我為什麼要花這麼多的力氣和精神去把牠們一隻一隻給找出來呢？」是不是？

還是說「因為我覺得……需要牠們幫忙清除老大家地板上的食物，所以才故意不去消滅牠們的？」

嗯……但我對這點倒是存著疑慮啦！「因為平常我就會檢查

老大家的地板啊！所以如果地板上真有什麼屑屑、渣渣的……應該早就被我舔乾淨了吧！」哪還會有什麼渣啊、屑啊需要留給蟑螂來處理的呢？

嗯……「所以也不是這個原因！」

反正以前老大家的蟑螂感覺好像還好！沒有特別多！所以老大一家人每次看到蟑螂的反應也不會很大，頂多就是互相口頭上告知、提醒一下對方說：「廚房有蟑螂喔！」或「那裡有蟑螂在爬喔！」但都僅僅是口頭上說說而已，感覺老大一家人並不會特別有股衝動想要立刻去把蟑螂給消滅掉或是什麼的！

但是可能最近出現的蟑螂，真的已經超過老大媽媽能接受的範圍了！「所以老大媽媽現在是每見一次蟑螂，就喊打一次！」

只見老大媽媽每次一發現蟑螂的蹤跡以後，就會快步的走到進門入口處，毫不猶豫的拿起那瓶放在化妝櫃上面的噴灑式酒精，再更快步地走回去找她剛剛看到的那隻蟑螂，然後猛力的對著那隻蟑螂噴個幾下，蟑螂就會被酒精噴到整個翻過去，或是被一大灘的酒精水給困住，想要爬也爬不快，走也走不遠了！

「這時候老大媽媽就會趕快跑去拿衛生紙來，把那隻蟑螂仔細又狠狠的給捏起來，並且還會捏個好幾遍確定蟑螂是真的死了！然後就直接丟到垃圾桶裡面去！」

對了！

老大媽媽也不知道是從那裡想到、聽到或是學到，竟然想到利用酒精來對付蟑螂……「嗯！這個方法試了幾次下來，還真的很好用呢！」但是哪裡來的酒精呢？

因為老大家一直都有用酒精來消毒東西的習慣！

「像不管是外出沒辦法洗手或是有時候即使在家裡，老大一家人也會用酒精來擦桌子，這裡噴噴、那裡噴噴的……」老大爸媽說酒精可以瞬間讓很多細菌沒辦法活下去，省事、省時、快速又方便……「效果很好！」

所以從我有記憶開始……

老大家就一直備著一瓶噴灑式的酒精，就放在老大家進門入口處的那個化妝櫃上面……「所以只要有任何需要，無論何時，誰都可以拿來噴一下，方便得很！」

之前老大爸爸還聽別人說：「用肥皂水或洗潔劑，那種有泡泡、可以去油的，拿來消滅蟑螂的效果也不錯！」好像是因為蟑螂身上都是油，所以如果用這種去油的清潔劑去噴蟑螂的話，蟑螂肯定很快就會不動了！

可是老大媽媽試著用肥皂水和清潔劑殺蟑螂幾次以後，發現善後的工作要做起來比用酒精時更累人！「因為酒精會自己乾掉，但肥皂水、或清潔劑卻不會！」

　　像是不管之前老大媽媽為了消滅蟑螂，噴了多少的酒精在地上，反正她將蟑螂屍體處理完畢後，酒精會自己慢慢乾掉，老大媽媽可以說是完全不用再去處理現場的地板！

　　「可是肥皂水或是清潔劑就不同了！老大媽媽一定要去處理、要去清理現場，因為現場是不會自己乾掉的！」就算肥皂水、和清潔劑最後真的乾掉好了，地板也會黏黏的！這就很討厭了！

　　還有老大媽媽也發現「酒精可能真的比較輕喔！」所以每次只要一噴，涵蓋的面積總是比較廣！「幾乎可以說是在噴第一次的時候，就可以噴到蟑螂了！」完全不會浪費！

　　可是「肥皂水、清潔劑就不同了！」雖然和酒精一樣都是水水的，但噴起來後所涵蓋的面積就是沒有比酒精來得廣！所以在噴第一次的時候，幾乎都不會噴到蟑螂，要等到噴了好幾次以後，才會真的噴到蟑螂！而用這種方法最後雖然蟑螂真的消滅了，但「地上早就已經是一大灘的泡泡水了！」清潔善後的工作就比較多了！

還有更早以前……

　　老大爸媽都是直接拿拖鞋去打蟑螂的！但是這個方法有很多的缺點「像是蟑螂被打死以後，地板要擦、拖鞋要拿去洗、因為蟑螂的身體被壓爛了、所以會有黏黏的一團東西黏在地板和拖鞋的背面……」這時候就要趕快拿衛生紙來擦地板、和去洗拖鞋了！不然沒注意的人一走過去、或是拖鞋還沒洗就到處穿著走……就會把蟑螂身上這些黏黏的一團東西帶到家裡的其他地方去，到時就很麻煩了！

　　「真的！因為要清理的地方可就多了！」

　　此外，用拖鞋打蟑螂的另一個缺點就是「可能蟑螂的背後真的有長眼睛吧！所以往往拖鞋還沒有打到蟑螂的時候，蟑螂就會先跑走、或是先飛起來了！」所以不太容易打到牠！

　　但也有少數例外的啦！「像小蟑螂可能就是因為翅膀還沒長好或是腿還不夠長，所以沒辦法用飛的、沒辦法跑很快，所以每次幾乎都是必打必中！」

　　總結就是用拖鞋打蟑螂的這個方法真的沒有很好啦！

　　待續……

天生的逃脫家（下）

第4篇

那如果是用酒精來殺蟑螂的話呢？以上這兩個缺點好像就不存在了！因為「不是用拖鞋打！所以地板上肯定不會有蟑螂身上黏黏的一團東西！」

　　但要注意的是……在捏起蟑螂的時候，可千萬不能將蟑螂的身體壓到地板上再捏起來喔！只能輕輕的捏起蟑螂的身體……「因為如果又壓到地板上的話，那黏黏的一團東西肯定又會黏到地板上去了！」

還有因為酒精是用噴的！

　　「所以每次涵蓋的範圍肯定比每次用拖鞋打得還廣！」

　　不管酒精在噴的時候，蟑螂有沒有在移動？或是在飛？反正用噴的就是比較快！比較準！即使這時蟑螂真的飛起來了！但「用酒精噴，還是照樣可以噴得到喔！」此時若是用拖鞋打得話，可就不一定會打到了！

　　所以對於像是「會飛、會移動的大蟑螂來說，還是交給酒精來消滅吧！」效果肯定是比用拖鞋來消滅的好很多！

　　所以酒精和肥皂水、清潔劑、或是拖鞋相比較的結果是不是「酒精又快速、又乾淨、又省事、成功率又高呢？」

　　「沒想到用酒精殺蟑螂這麼好用！怎麼到現在才想到呢？真是的！」聽老大媽媽不只一次這麼說。

　　所以結論是「老大媽媽對付蟑螂的最愛是酒精！」

　　但是……講了那麼多關於消滅蟑螂的方法，就不能不說「蟑螂真的很會裝死、或是詐死耶！」

　　記得好久之前有一次，老大爸爸以為蟑螂被拖鞋打死了，尤其是看到蟑螂的腳已經斷了好幾隻，想說應該是真的消滅牠了，才走去接電話的！「但沒想到電話才剛講完，回頭一看，那隻蟑螂竟然不見了！」怎麼會這樣？

「不是已經斷了好幾隻腳了嗎？這樣還能跑啊？」老大一家人和我都很訝異！

另外一次是老大媽媽以為蟑螂一動也不動是被酒精噴死了！所以也沒有立刻去把蟑螂給捏起來！等到家事做個段落，突然想起要去處理那隻蟑螂的時候，「很可惜……可能酒精早就已經乾了！所以那隻蟑螂也跑掉了！」那次真的很可惜！

所以經過這幾次的教訓總結下來，「凡是關於消滅蟑螂的事情，一定要最先處理、優先處理、完全的處理完後，才能去做其他的事情喔！」

另外，如果蟑螂身體已經翻過來的話，「蟑螂原本走路走得好好的，不知道為什麼身體會突然翻過來呢？」是因為原來爬在牆壁上，但是突然掉到地上了嗎？所以身體翻過來了？

「還是有什麼其他的原因呢？」

蟑螂有那麼多隻腳，應該不太可能是因為其中幾隻腳不舒服或是腿軟，就整個身體因為不平衡而坐下來，倒下來甚至連整個身體都翻過來吧？是吧？

「難道會是因為跑太快、又太多隻腳、一時協調不好、重心不穩，所以整個身體翻過來？」

嗯……「不太懂！」

不過想了那麼多，蟑螂翻身歸翻身，你可千萬不要以為蟑螂會翻不回去喔！

像「有一次老大媽媽又太大意了！竟然以為蟑螂翻身過去就應該跑不了了！結果當時電話一響，又先跑去接電話了！等到電

話講完要去抓蟑螂的時候，蟑螂竟然不見了！」

　　所以這代表……「蟑螂即使真的不小心翻身過來，牠還是會靠自己的力量又翻回去的！真的！只是時間長短問題而已，千萬、千萬不可以大意啊！」

　　但是話說回來「既然這時候蟑螂的腳都懸在半空中了，所以是不是應該要趁牠要跑也跑不掉的時候，趕快用衛生紙把牠給捏起來才對啊！」

講了這麼多……

　　所以說：「蟑螂是天生的逃脫家一點也不錯吧！」因為牠們的逃脫技術已經到了沒辦法相信的地步了！

　　小白也說過：「牠曾經看過有一隻蟑螂被打到肚子都破掉了！結果第二天一看……蟑螂竟然不見了！還有蟑螂被打到身體動都不動了，但這樣等一會之後，竟然也會不見？」

　　「到底牠們是自己跑掉的？還是被其他蟑螂救走的呢？」關於這一點，我一直很好奇！

至於小蟑螂呢？

「小蟑螂最好處理了！」但是等牠們一旦長大以後……哇！
那可就難了！「所以要趁還是小蟑螂的時候，就要趕快先消滅
掉！絕對不能讓牠們有機會長大，變成大蟑螂喔！」

講到這個……我想最屬害的應該就是用手直接打或抓蟑螂
吧！像是打或抓蚊子那樣……「聽說王媽媽就是這麼屬害！」

對了！

你們相信嗎？小白說在他們家「王媽媽都是用手直接打或是抓蟑螂的！不誇張！不管是停止不動的蟑螂、還是在跑步中的蟑螂……牠們的命運其實都一樣！」就是只要被王媽媽看到的話，那就慘了！所以王媽媽家裡根本就不需要買什麼酒精、或是蟑螂藥什麼的！「很省的！」

反正王媽媽只要見一隻蟑螂就處理一隻，見一個就處理一個「根本就不用來回、走來走去……像是去拿衛生紙啦或是酒精、拖鞋什麼的！」

對了！難道王伯伯對王媽媽這麼包容……「不管王媽媽在外面講了多久的話、講得多大聲，永遠都沒有意見、永遠都跟在王媽媽後面、說話聲音永遠都比王媽媽小聲的王伯伯……」

是因為王媽媽可以只用手、面對和處理蟑螂嗎？所以王伯伯才會這麼尊重、這麼怕王媽媽嗎？

嗯⋯⋯「是有這個可能喔！」

老大媽媽倒是沒有像王媽媽這麼厲害啦！可以用手直接抓蟑螂！記得不久以前，老大媽媽看到蟑螂也會怕、也會尖叫，尤其是要打下去的那一瞬間⋯⋯如果看到蟑螂跑了，老大媽媽看起來就會有點緊繃、緊張似的跟著尖叫起來！

但是經過這陣子密集的噴殺、消滅蟑螂之後⋯⋯老大媽媽好像變得比較不怕蟑螂了！所以有時候看她會手拿一張衛生紙而已，直接又快、又狠、又準的朝向正停在原地不動的小蟑螂，抓起來的同時並捏死牠！

我看⋯⋯老大媽媽接下來有可能會想要挑戰更高難度的，就是直接用手拿酒精瓶，去噴正在飛的蟑螂喔！看能不能幸運噴得到？呵呵，只能說，唉⋯⋯沒辦法，總是會想要把所有的蟑螂都消滅掉吧！

拜託！

「會飛的蟑螂耶⋯⋯」光是這樣聽起來就已經很厲害了，

好不好？如果老大媽媽真的可以這麼厲害，噴到正在飛行中的蟑螂，而且可以很順利的把蟑螂噴到地上，讓牠動彈不得的話，我想老大媽媽應該會覺得很有成就感吧！呵呵！

至於老大呢？「老大會怕蟑螂嗎？」

老大是一直到現在「看到蟑螂都還會怕、也不太敢看、更不要說是幫忙消滅蟑螂了！」

對了！聽說殺蟑螂還有一種方法，就是放蟑螂藥在家裡的牆角四周……但是，老大家卻沒放蟑螂藥？嘻嘻！難道是因為愛我、怕我誤吃、中毒了？是不是？有這個可能喔！嘻！嘻！

說了那麼多關於消滅蟑螂的方法，或許有人會說：「蟑螂實在是太可憐了！只不過是出來找個食物而已，就要想那麼多的方法去消滅牠……那牠的家人們怎麼辦呢？牠們都還在家裡等牠回去呢？」「嗯……只能說沒錯！」

本來燈關了以後，蟑螂是可以出來找食物的！

但是就像有一個晚上，老大爸爸沒有睡覺，而是開著燈在做包子……

所以照理說「蟑螂那天晚上是不能出來找食物的才對！」但可能有些蟑螂一直等、一直等的結果，看到老大爸爸的燈還亮著「算了！算了！不等了！肚子餓了還是要吃飯啊！所以有幾隻蟑螂就決定還是出來找食物了！」

請問「蟑螂可以隨便跑出來嗎？」

「當然不行！」

所以說嘛！被打的蟑螂是不是也要怪牠們自己呢？「蟑螂自己是不是也要聰明一點呢？」

「哎呀！不管了！不管了！……還管蟑螂肚子餓不餓？有沒有回家？」反正我小黑跟老大媽媽比起來……總不能太差或顯得太膽小了，是不是？畢竟討厭歸討厭，害怕歸害怕，但該處理的就是該處理！不是嗎？我得果斷一點才是！

咦？我想到了！「老大爸爸好像說蟑螂怕水？真的嗎？」

「好了！好了！不多說了！」明天我小黑就先從小蟑螂開始消滅起！絕對不能讓小蟑螂在老大家裡長大或是定居！絕對不行！

「嗯嗯……作戰計畫就從明天開始！」

「小黑！加油！」

真高興看到你

第 5 篇

「哇⋯⋯哇⋯⋯哇⋯⋯哇⋯⋯哇⋯⋯哇⋯⋯」好響亮的哭聲喔。「弟弟在哭了！」老大第一時間聽到立刻喊著。

「媽媽快來啦！弟弟好像肚子餓了！」老大快速地從客廳茶几跑到弟弟的小床邊，熟練的把自己的頭、手伸進弟弟的小床裡面，在弟弟的胸口處拍拍，邊大聲叫老大媽媽趕快過來。

「弟弟乖⋯⋯弟弟乖⋯⋯媽媽快來了喔！」老大溫柔的安撫著弟弟。

「我快洗好了！」老大媽媽喊著。

「你再幫我拍一下他！」老大媽媽還在浴室，應該還在洗澡，看來還需要再一點時間才能出來。

「哇……哇……哇……哇……」弟弟卻越哭越大聲，聽起來像是在生氣！

「媽媽怎麼辦？弟弟還是一直在哭耶！」老大看起來有點焦急的樣子……連帶的，害我站在旁邊也跟著焦急了起來！

「好啦！好啦！好啦！我好了！」老大媽媽匆匆忙忙的從浴室裡面走出來，頭上雖然裹著毛巾，但露出毛巾外面的頭髮卻在滴水。

「你先幫我在弟弟的耳朵旁邊講話，要輕輕、小小聲的跟他說話喔……」老大媽媽一邊快步地走向冰箱要拿奶瓶，一邊吩咐教老大要怎樣安撫弟弟。

「這是最近常常在老大家裡上演的一個畫面……」這聽起來會不會感覺有點緊張，好像是在趕時間呢？

「也不知道為什麼，反正每隔一陣子吧……原本好好在睡覺

的弟弟，就會突然的放聲哭出來！這是為什麼呢？做惡夢了嗎？還是心情不好？搞不清楚！」

　　反正有時候老大媽媽會把弟弟放在客廳的沙發上睡覺，然後用茶几擋著沙發，說是可以隨時看到弟弟，但又不會讓弟弟一不小心就摔到地上……嘻嘻！「所以這時候我就會趁機假裝走過去，離弟弟近一點，看一下他到底是怎麼了？怎麼剛剛才睡得好好的，但是不一會兒就突然大哭了起來呢？」怪怪的！

　　「你們相信嗎？」弟弟真的可以連眼睛都不用張開，甚至身體、頭、手都不用動一下，也沒有眼淚，就是只用哭聲，就可以哭到把在家裡的所有人都叫到他的身邊去喔！

　　「很神奇吧！」

　　「用哭聲叫人……嗯，這真的是叫人過來的一種好方法耶！」我以前怎麼都沒有想過呢？

「好啦！好啦！」

「不哭啦！奶奶泡好了！」老大媽媽邊說邊從廚房走出來，邊搖晃著手上的奶瓶。

「哎喲好乖喔！媽媽抱！媽媽疼！喝奶奶囉！」老大媽媽邊口頭安撫弟弟，邊把手上的奶瓶遞給老大，請老大先拿著，老大媽媽再把弟弟從他的小床裡面抱出來。

「喝奶奶囉！」老大媽媽選好沙發上的一塊地方坐穩之後，再從老大手中拿回奶瓶，老大媽媽終於要餵弟弟喝奶奶囉！

「喔……肚子餓就這麼生氣喔！」老大媽媽坐在沙發上，一手拿著奶瓶準備要餵弟弟，另一隻手則抱著弟弟，一邊口頭還繼續安撫著弟弟。

「咦……奇怪？怎麼奶瓶一放到弟弟的嘴巴裡面，弟弟就真的不哭了呢？」好好玩喔！

「當小貝比真的好棒喔！我好羨慕老大媽媽手上抱的這個弟弟喔！」我也好想要被老大媽媽抱著！說真的！

對了！

「這個小弟弟是怎麼來到老大家的呢？」不好意思，我都忘了跟你們介紹他了，嘻嘻！

「就是前幾天吧！有一天老大外公、外婆來家裡玩，說這次來要住一陣子……因為老大媽媽有可能隨時就要去生孩子了！所以他們就先來家裡幫忙，準備準備！」

「喔……」原來如此。

原先，我還在想：「老大外公、外婆怎麼會把老母自己一個留在鄉下老家？然後他們兩個就自己跑來了呢？那老母誰照顧？老母有東西吃嗎？」說真的，當時我是有點擔心老母。

後來聽老大外公、外婆說：「先將老母暫時託給鄰居，等我們回去以後，再把老母接回家來……」

所以很可惜老母這次就沒有來老大家了！「不過，老母還是有東西可以吃吃喝喝啊，那我就放心了！」呼……

結果過沒幾天的晚上……

「咦？還真的呢！老大媽媽就說要去醫院生孩子了！」

　　那天還是老大外婆先送老大媽媽去醫院！老大外公則是留在家裡幫老大跟我準備晚餐，老大爸爸則說他下班後會直接從他的公司到醫院去看老大媽媽！

　　接下來好幾天……「白天都是老大外公、外婆輪流去醫院照顧老大媽媽，晚上則是老大爸爸下班後就直接從公司去醫院！所以那幾天都是老大外公帶我去樓下散步的！我已經有好幾天沒有看到老大爸爸、媽媽了！」還真的有點想念呢！

　　「直到有一天早上……突然有人開門進來……耶！萬歲！是老大爸爸耶！老大爸爸終於帶老大媽媽回來了！」然後我就看到老大爸爸的手上很小心、很謹慎地用毛巾抱了一個小東西。

　　「來……來……來……先把弟弟放到他的小床上！」老大外婆小心翼翼地對著老大爸爸說，老大媽媽則是站在老大爸爸旁邊，好像幫忙似的又扶、又托著老大爸爸手上的弟弟。

　　「來……來……來……大人也趕快坐下來休息！」老大外婆看著老大爸爸把弟弟平穩地放到他的小床上以後，立刻敦促著老大爸爸、媽媽，要他們趕快坐下來休息。

　　「以上……就是弟弟正式來到老大家的那一天！」

後來……

　　「我記得老大爸爸就去買很多東西，說是弟弟要用的！老大外婆則是把弟弟要喝奶奶的奶瓶全部都消毒好了！老大媽媽則是準備好放弟弟衣服的衣櫃，還有要洗澡的澡盆、大毛巾、小毛巾……」

　　「天啊！沒想到才來了一個小弟弟，竟然一下子就需要準備

這麼多的東西，太不可思議了！」

「老大外公那幾天則是負責帶我去樓下散步，還有買飯、買便當……」看他們所有人好像都比平常忙碌許多，講話的語氣則是興奮中帶點緊張！

「雖然我小黑幫不上什麼忙，但能夠跟在他們的身邊，看他們忙進忙出的，我也開始覺得自己好像很忙的樣子！嘻嘻！」連老大外公帶我去樓下散步的時候，我也好像都沒有心思遛達太久……

所以當老大外公每次說：「要回家了喔！」我就趕快跟著回家了！我說真的！

「很奇怪！雖然才離開弟弟一下下而已，但好像很久沒有看到他似的，怎麼會這麼快就想念起弟弟了呢？」

「而當我們才一回到家，我就看到老大外公立刻去洗手，接著就去弟弟的小床旁邊看弟弟！」不管弟弟當時是在睡覺、還是醒著……反正老大外公總是看到他覺得夠了，才會離開弟弟的小床旁邊。

「老大也是一樣喔！」

「放學回家後的第一件事，除了洗手之外，就是趕快跑到弟弟的小床旁邊看弟弟……」老大也是滿臉笑容滿足的看著弟弟，直到覺得滿意為止！

「其他人……像是老大爸爸、媽媽、外婆，每個人的反應好像都差不多！就是回到家的第一件事就是先去洗手，第二件事情

就是去看弟弟！」真的！不誇張！

如果你問我「為何知道他們每個人回家後都等不及去看弟弟呢？」呵呵⋯⋯

我只能說：「因為只要有人回來了！我就會跟在他的身邊，注意他們去哪裡、去做什麼，還有他們的行為、表情、動作⋯⋯」真的！他們每個人的反應都很像！很好玩吧！

「我想我也是啊！」每次看弟弟，好像都要看很久，還看不夠似的！

所以弟弟啊⋯⋯

「你知道老大家裡有多久沒有這樣子了嗎？應該是說自我有印象以來，好像從來都沒有見過老大一家人有這樣子的反應！」就是大家好像是說好似的，回到家的第一件事情就是先洗手，第二件事情就是全部快速的走到你房間，看看躺在小床裡面的你。

「如果這時候正好遇到你在睡覺，那大家還是會站在你的小床旁邊，站一會兒，東壓壓、西挪挪你身上的小棉被，還有小枕頭之類的⋯⋯好像就是要幫你弄到什麼樣的程度，才會放心似

的，將視線離開躺在小床裡面的你，然後再輕手輕腳的從你房間走出來。」

「如果這時候遇到你正好醒了，喔！那可不得了了！」一大堆很奇怪的說話方式或者是聲音就出現了⋯⋯「像是老大外公、外婆平常說話的語氣就算是正常版的，但是跟你講話的時候⋯⋯哇！那個語氣就變得好像你很寶貝似的⋯⋯⋯」

譬如⋯⋯

「弟弟醒了！肚子餓餓！要喝奶奶了！」或是「哎喲！伸懶腰⋯⋯打呵欠喔⋯⋯」要不就是把兩個同樣的字常常連在一起講，要不就是說話的語氣像是一直哄著你似的，把你所做的每個動作都講得很大，很了不得似的！

「其實睡覺起來會伸懶腰、打哈欠⋯⋯都是很正常的，不是嗎？」但是到了你這裡，好像你做起來就會特別不一樣似的！像老大爸爸、媽媽、老大早上起床的時候，也常常會伸懶腰、打哈欠啊！「我就從來沒有看過⋯⋯他們之中有人會去說另外一個人做這些動作很特別、很少見、很了不起似的！」

「嗯……」

「老大外公、外婆、爸爸、媽媽不只會把你伸懶腰、打哈欠、打噴嚏的這些小動作給說出來，而且他們還會把你這些小動作給誇大……好像你做了這些動作是多麼偉大的一件事！真的！你不相信吧！我沒有誇張！」

所以「在老大一家人沒有說你做這些動作之前，我真的從來都不知道伸懶腰、打哈欠、打噴嚏是這麼偉大的！真的！」

「所以……弟弟啊！我決定了！」

「我乾脆把我的小床咬去放在你的小床旁邊好了！」這樣不管是你在睡覺？還是在哭？還是怎麼了？我都很清楚你的狀況！連誰來看你？何時進來？何時出去？我都知道！

「怎麼樣？」

「反正我就窩在我自己的小床裡面！想看你的時候就爬起來看你！我想即使看你一整晚，我應該都不會覺得累吧！」

「好了！決定了！」就從今天晚上開始，我要睡在你的小床旁邊！不過想想……「你都已經來老大家好幾天了！想必老母也

應該很想念老大外公、外婆了吧！」

「不知道老母何時才能夠來看你呢？」

「或是要等到下次老大爸媽帶我們去老大外公、外婆家玩的時候……再帶你一起去給老母看看吧！」不然老母都還沒有看過你，應該會很好奇你長什麼樣子吧！

說真的……

「好開心喔！在老大家這麼久了……終於又出現一個人可以來陪我，或是讓我來陪他了……那就是你啊！可愛的弟弟！」

像在老大家扣掉發呆、睡覺、巡邏……「現在又多了一個地點需要我去巡邏囉！至少我還可以去你的小床旁邊陪陪可愛的你、看看你、聞聞你，真好！」我在老大家也多了一個新的地方可以去！

「不然之前像晚餐過後，老大要寫作業、老大爸爸要看書、老大媽媽要洗碗、看電視……」所以我只有這三個地方可以去，現在又多了你這一個地方可以去，真好！

對了！不知道你和誰長得比較像？聽老大媽媽說我長得最像

我老母！

「那你呢？」

很可惜！每次想要好好看你的臉，都要等到你躺在客廳的沙發上面才有機會……因為你的小床有點高！「我雖然現在就很想知道你長得像誰，但也總不能把整個臉就直接貼在你的小床柵欄旁邊吧！」我可不想把你嚇到啊！

我除了好奇你長得像誰之外，「我也希望你可以盡早認識我喔！」

嗯……

「不知道你何時可以坐起來呢？」這樣你就肯定可以看到一直陪在你小床旁邊的我了！嘻嘻！

「弟弟啊！希望你可以快快長大喔！」

「嗯……你真的是越看越可愛，越看越可愛！哎喲……管你長得像誰，我都喜歡你！」

「弟弟！來！讓我陪你長大！」

有伴真好

第**6**篇

「說了半天……這個小弟弟為什麼會來老大家呢？」「其實也不能說是突然來的啦！」

「因為之前就常常聽到老大一家人在聊這個小貝比的話題……好像是因為老大上學以後，看到其他同學很多人都有哥哥、姊姊或弟弟、妹妹的，所以回家以後就跟老大爸爸、媽媽說她也想要有個弟弟或妹妹！」整件事情就是這樣開始的！

「老大就這樣每隔一陣子說著、說著……久了以後，老大爸爸、媽媽好像真的也覺得老大自己一個人太孤單了！所以答應再生一個弟弟或妹妹給老大！」

「但前提是老大要愛護這個弟弟或妹妹喔！」

對老大而言「愛護弟弟或妹妹，這有什麼難的呢？」於是老大就這樣盼著、盼著……

這樣的日子也不知道是過了多久……「突然有一天，在吃晚飯的時候，老大媽媽就很開心的宣布……老大要當姐姐嚕！」因為老大媽媽的肚子裡面已經有小貝比了！

至於……

「這個小貝比是弟弟？還是妹妹呢？」記得老大媽媽當時是說因為這個小貝比還太小，所以還看不出來是弟弟還是妹妹！但是老大好像不管這麼多，反正她都很興奮，因為她終於可以當姊姊了！

「後來，說也奇怪……好像每隔一陣子吧！看老大媽媽的肚子就覺得是不是變得越來越大了？其實不只是肚子啦！如果仔細看的話，你會發現老大媽媽從臉、身體、手臂、腿到手指頭、整個腳丫子，好像都變粗、變大了！」真的！整個人好像都腫起來了！不誇張！

「老大媽媽到最後竟然連平常在穿的鞋子都穿不進去了！整個大肚子的結果，就是走路越走越慢、越走越慢、越走越慢……」

　　「有一天，當老大媽媽又去醫院做檢查的時候，這時候才知道肚子裡面的小貝比原來是個弟弟……」

　　就這樣！老大一有機會遇到認識的人，就開始跟人家說：「我要當姐姐了！」而且還邊說、邊露出非常開心的笑容。

這期間……

　　老大可以說是每隔幾天就會問老大媽媽說：「弟弟有乖嗎？」或是直接把她的頭輕輕地靠在老大媽媽的肚子上面，用耳朵去聽，老大應該是想聽弟弟在肚子裡面做什麼吧！

　　「可是……從來都沒有一次聽到任何聲音！」所以老大每次聽完以後，看起來好像都有點失望。

　　然後接下來就是你們知道的了！「老大外公、外婆說要來家裡住一陣子，還把老母暫時托給鄉下隔壁鄰居照顧」

　　「哇……萬歲！萬歲！弟弟終於回家了！」呼！耶！好棒、好棒喔！

　　記得老大爸媽帶弟弟回來的那一天，老大是開心、興奮、嘴角一直上揚的在家裡跑來跑去；熱心的幫老大爸爸媽媽一下拿奶瓶、一下子拿小毯子、一下子又拿奶瓶、一下子又拿小毯子……一直到天暗了才冷靜下來。

　　「這陣子看著老大每天一放學，回家第一件事情就是放好書包後，先洗手，然後很快速地跑到弟弟房間的小床邊，跟弟弟

說話……這時即使正好遇到弟弟在睡覺，老大也會靜靜、乖乖地站在弟弟的小床旁邊看很久、很久，好像很捨不得離開弟弟似的！」

我想……

「弟弟在這麼小的時候，老大就這樣子對他，相信等弟弟長大以後，老大會是個好姐姐的！」

「老大在弟弟剛接回來的那幾天，本來也搶著要餵弟弟喝奶奶的！」只是老大爸爸、媽媽說不行！「因為老大只是個小孩子！怕到最後力氣不夠、餵到一半、弟弟沒抱好那就危險了！」所以老大只好作罷！

但老大即使不能抱著弟弟喝奶奶，「老大總是不放棄地、想在任何時候都要和弟弟再更靠近一些！」

所以像是在給弟弟拍拍胸口、摸摸弟弟的臉啊、手啊……到弟弟躺在大床上要換尿布的時候，老大也會趕緊、趁機就躺在弟弟的旁邊，直嚷著說：「晚上我要和弟弟一起睡！」只是老大爸

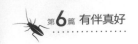

爸、媽媽又說：「不行！弟弟太小了！還是睡他自己的嬰兒床比較保險！免得不小心睡太熟了⋯⋯有時候隨便一個翻身，可能身體或者被子都會壓到弟弟的！」

嗯⋯⋯

「我好像有聽過這個新聞！」就是有個大人一不小心睡得太熟以後，竟然把身旁的小貝比給壓到沒有呼吸了！

所以「既然餵奶、一起睡覺都不行⋯⋯」，老大只好有事沒事在弟弟醒來的時候，一直摸弟弟的臉啊！給弟弟拍拍又親親的。

「看來老大真的是等不及，想要弟弟趕快長大好陪她玩！」老大應該對這個弟弟很滿意！

「老大真好！」除了我小黑、老大爸媽可以陪她以外，現在又有了弟弟，以後等弟弟長大就可以陪她玩了！

「有伴真的很好！真的！」

「想想我在老大家也這麼久了！一直以來都只有我小黑一個

陪老大一家人……」這樣講「好歸好！」因為老大一家人只會愛我一個，也會把好吃的東西全部都留給我！「我也不需要跟誰分享！」真的！有時候這樣想想，真的也很好！

　　但是「老大一家人畢竟也要去上班、上課，那時候家裡只剩下我一個了！真的好無聊喔！我哪裡也不能去，就只能在家裡面一直待著……」

　　這麼長的時間，除了發呆、睡覺、偶爾無聊、到處檢查門啊、窗戶之外，「基本上，我沒有別的事情可以做了！也沒有別的東西可以跟我玩了！」你們聽聽看，是不是真的很無聊呢？

　　所以有時候我就在想：「如果家裡面這時候可以有另外一隻狗的話，那應該不錯！」至少老大一家人不在家的時候，我就不會那麼無聊了！

　　還有，「如果去樓下散步、或是出遠門去玩……反正在外面的話，因為不是只有我小黑一個，所以我不用全程一直仔細注意周邊全部的環境！」尤其現在又有了弟弟……老大一家四口，如果全部都由我小黑一個來照顧的話，說真的！這個工作份量是有點重！所以如果這時候可以有另外一隻狗，來分擔一些保護老大一家人外出時候的安全，我想應該會比較好！「我和另外一隻狗可以分工合作啊！」

像是……

　　「當我走在老大一家人前面的時候，另外一隻狗就負責走在最後面……我顧前面，另外一隻狗就顧後面。」這樣聽起來很不錯吧！「所以不管是誰顧前面？還是誰顧後面？最重要的是如果遇到任何情況，都可以比較快處理啊！」反正就是比較可以顧到老大一家人啦！

多一個伴對我小黑而言,不一樣的地方在於「如果有一天真的遇到比較棘手的情況,我可以多個朋友來討論看怎麼做:一來是因為我從來沒有遇過那個情況,不知道該如何處理所以我有可能會被嚇到,或是有其他的反應;二來是身邊可以有同樣身為同類的朋友來陪我,這樣不是很棒嗎?」

　　我應該可以接受「我的身邊有另外一隻狗來分享我每天的生活,而這個朋友就不需要我一定要出門、或是去樓下才會碰得到……」

不過你們也不要以為我會這麼想要有個伴,是因為「我想要減少我的工作……」

「真的不是這樣的!」

因為「跟老大一家人生活,我是覺得很輕鬆、也很自在,雖然要出門的話,事情是真的比較多一些……沒錯!但那也還好!是我可以應付過來的!」

「所以我真的只是為了單純想要有個伴,所以才會想了這麼多有關『有伴』之後的好處和優點,想提供給老大一家人作參考……反正到時候,我一定會幫忙照顧這個新夥伴的啦!」不用擔心。

像是「我會盡快帶牠去適應老大一家人的生活習慣,讓牠可以在老大家待得也愉快……我也希望牠是隻好相處的狗!真的可以跟我和老大一家人處得來,我不會把照顧牠的責任全部都丟給老大一家人的……」

真的!「如果是我可以做的部分,我一定會盡力幫忙的!」

就拿前陣子老大媽媽買的一套新餐具,「有叉子、湯匙、刀

子⋯⋯而它們的握把造型分別是剪刀、石頭、布」所以每次看它
們三個一起躺在洗碗槽裡多可愛啊？是不是？

　　但是「如果這時候只有看到剪刀造型的叉子出現的話，會不
會覺得在它旁邊，好像少了什麼東西呢？」心裡會不會在剎那間
就想著「是不是有什麼東西不見了？」

　　「像我那天看到老大在用剪刀握把造型的叉子在吃麵，卻一
直沒有看到石頭、布握把造型的湯匙、刀子出現，我就感覺怪怪

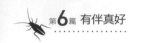

的！」好像不太對耶！

「因為之前老大吃飯的時候，每次都會堅持要三個一起用……但那天我就只看到叉子，所以後來我還是忍不住偷溜去廚房的洗碗槽裡面看！當我一看到湯匙和刀子在洗碗槽裡面的時候，呼！我鬆了一口氣！真的！」

喔！原來它們是還沒有洗！

「那就好！那就好！只要還在那裡就好！」

「你們知道我的意思嗎？」你們懂那種感覺嗎？

「就是……我對老大家其他東西的同伴，我都願意去關心、去照顧了！更何況是我自己的同伴呢？是不是？」反正就是大家互相照顧嘛！

當然啦！

「如果只是要我一直待在家裡面的話，因為家裡很安全，所以其實我一隻狗真的就夠了！」這樣也不會給老大一家人帶來更多的負擔和麻煩。

講到這裡，「我就很佩服電視上曾經播出一種叫『鬥魚』的魚，你不要看牠是魚！以為牠身體小，就很好相處喔！」那你就被騙了！

　　因為這種魚天性兇猛、好鬥、具有攻擊性，所以絕對不能將牠們和其他任何品種的魚放在一起！「是的！沒錯！即使同樣身為鬥魚，也不能放在同一個魚缸裡！」所以這也是為什麼不管魚缸大小，永遠都只有看到牠們一條單獨在魚缸裡面而已。

反觀「電視上也曾播出另外一種和鬥魚極端相反的魚叫做『孔雀魚』，牠們是很溫和的魚種，所以牠們可以一群魚在一起過生活」但牠們的缺點就是不會保護自己，所以比較容易受傷。

這樣想想「我應該是沒有辦法像鬥魚一樣這樣生活……我還是需要有朋友！」而且最重要的是，我並不喜歡主動去攻擊或是常常去討厭一個東西！「雖然我不敢說我會大方、主動地去分享我的食物……但我確信我比較喜歡和平！所以鬥魚和孔雀魚之間，我想我應該是比較偏向孔雀魚這邊吧！」

當然……我承認……

雖然偶爾間……真的就是偶爾間啦！「我看到老大家的洗碗槽裡面有青蛙握把造型的湯匙、貓咪握把造型的叉子……但是怎麼就是沒有看到小狗造型的東西呢？」

「是老大一家人想養貓咪？青蛙？但是卻不好意思跟我說？怕我會傷心、難過嗎？」所以只好用有關它們的東西來解解思念……還是怎麼了？像是諸如此類的小事！

我承認「我也會東想西猜一下子……但真的就是那麼一下子

而已啦！過一會兒，我就會忘了這件事！」畢竟老大一家人對我的態度並沒有因此而改變啊！是不是？這才是重點啊！不是嗎？

　　所以如果可以的話，如果老大一家人願意的話，願意再養一隻狗的話，因為我真的不像鬥魚「我真的覺得鬥魚好孤單喔！我不喜歡牠們那樣的生活！」真的！

　　「所以我這樣……應該算不會很難相處吧！」是不是？

　　「有伴真的不錯！」我真的這麼覺得。

　　有伴真好！真的！

你是我們永遠的寶貝

第7篇

「你怎麼了？最近好像不是很開心？發生什麼事了嗎？」小白果然是我的朋友！每次不用特別跟牠說什麼，牠就會發現我怪怪的！

「唉……沒什麼啦！」我隨便敷衍一下牠。

「有事情要說喔！不要悶在心裡！」小白不放棄的繼續追問。

「我頓了頓……還是不知道該怎麼說出口？這種感覺該怎麼說呢？怎麼形容？嗯……」我真的不知道從何說起。

「好啦！不逼你！等你想說的時候再跟我說吧！我肚子餓了！先回家囉！」小白說完掉頭就走了。

　　今天的我不想先跟小白回家，也不想陪老大外公去倒垃圾，或是陪著他繞著庭院散步「我什麼都不想做，我只想在這個地方趴下來，遠遠地看著老大外公散步的背影，還有目送小白回家就好了！」

「唉！這要從何說起呢？說我很難過看到我的老母因為老了，所以腳沒有力氣了？不能往上跳、爬樓梯、跳上車子了？」

「哎喲！」

「小白會懂這種感覺嗎？」我不清楚。

「那個很厲害、教會我很多東西、永遠跳得比我高、跑得比我快、什麼事情都處理得又快又好的老母，竟然也會有老了的一天！而且不管我接不接受、願不願意……牠都在慢慢衰老當中！」本來我以為長大可以跳得高、跑得快是件很快樂的事情，但是我真的沒想到老母卻在同時間也老了！

「其實之前我就一直常常避開、故意不去想老母變老的這件事！好像沒有這回事似的……但是像老大外公、外婆來住在老大家的這段期間，我不想聽到、不想想到這件事情也不行了！」

「就像今天早上也是啊！」我又聽到老大外公在跟老大媽媽聊老母最近的情況。

「老了！真的老了！年紀大了……沒辦法！趴在地上的時間越來越多、不太能跑、胃口也沒有像以前那麼好、走路也走不

久、偶爾還會撞到前面或是旁邊的東西……」

「唉！牠真的是一隻很乖的狗，不吵不鬧的，還會看我們的臉色……」老大媽媽邊誇獎老母，邊停頓像是想事情似的邊洗手上的奶瓶。

「好險！我們住的是一樓，牠也不需要爬樓梯，牠想在家就在家，想出去透透氣，推開紗門就可以出去了……多動一動，多曬曬太陽，也好！」聽老大外公說起來像是很心疼老母似的。

「這個就是我的老母！」

「不管是從老大外公、外婆、還是老大爸爸、媽媽口中聽到關於老母的事情……」說的永遠都是誇獎老母的好話。

「老母運氣真的很好！」能和善待牠的這家人一起生活這麼久，從小貝比的時候到牠現在連走路都走不穩……

「好險！真感謝老母在和老大外公、外婆家生活以前有教我一些如何和這家人相處的一些注意事項……」

所以希望我也可以像老母一樣，一直和老大一家人生活在一起。

「如果有一天我老了，如果老大外公、外婆希望我搬過去和他們一起住的話，我想我願意！雖然那樣的話，我就不能每天看到老大爸爸、媽媽、老大、還有這個小弟弟……我一定會很想念他們的！」說真的。

　　「我現在終於可以體會老母離開老大家那時的心情了！雖然沒有那麼多的不得已，但肯定有很多的捨不得……」尤其老母也在老大家生活了一段不算短的時間。

「難怪！」

　　「以前我們每次回去看老大外公、外婆的時候，老母總是那麼高興的看到我們……我們在多久，牠就高興多久！而從牠知道我們準備要離開的那一刻起，老母就會一直站在老大外公、外婆家的大門口，老母好像是怕如果一不小心離開那裡的話，就會錯過老大爸爸的車子似的！」

　　「老母一開始總是用跑的、用追的、緊跟在老大爸爸的車子旁邊，一直到我們完全都看不到老大外公、外婆的家！老母這時候好像才會放棄似的放慢了追車子的速度，就這樣越跑越慢……

越跑越慢，慢慢的，我從老大爸爸的車子後面看不到老母的
影子了……這是以前，老母可能身體還行，還可以跑得很快的時
候！」

後來……

「一直到前陣子，我們回去看老大外公、外婆的時候，老
母雖然像往常一樣也是很高興的看到我們，但老母已經不會再帶
我去抓蝴蝶了！或是到處跑啊、跳的！老母只是要我一起陪她躺
著、趴著曬曬太陽、吹吹風、只是這樣子而已，老母好像就已經

很滿足了！」

　　「而當我們要離開老大外公、外婆家的時候……老母雖然也會跟在老大爸爸的車子旁邊跑，但已經很明顯地從一開始就追不上車子，即使老大爸爸知道老母都會跟在車子的旁邊跑一會，所以老大爸爸都會故意把車子開慢一點，但即使再慢，此時的老母真的已經沒辦法再像從前那樣跟上老大爸爸的車子了！」老母真的再也沒辦法跑得像以前那麼快、那麼遠了！

　　「至於上一次我們回去看老大外公、外婆的時候……雖然老母看起來還是很高興看到我們的樣子，但感覺上老母好像精神

沒有很好，除了飯吃得不多之外，也幾乎都是趴著、閉著眼睛休息……而當我們要離開的時候，老母是有站起來，緩慢的送我們走出院子的大門，但也就僅僅如此而已……」老母就只是一直站在老大外公、外婆家的大門口，目送我們離開。

我後來從車子的後車窗看到……

「老母真的就是一直站在大門口！老母沒有趴下來，也沒有走回老大外公、外婆家去！老母就是一直站在同樣的位置，一直到我完全看不到老母為止！」老母真的是老了！雖然我長大了，但想到老母竟然老得這麼快，還是讓我覺得很捨不得、很難過！

「我相信老大外公、外婆一定也很捨不得老母老得這麼快吧！」尤其老大外公、外婆每天和老母一起生活，看著老母變成這樣，老大外公、外婆的感受一定更深！

「難怪！早上老大外公和老大媽媽在聊到老母最近走路都會撞到旁邊、前面東西的時候，老大外公和老大媽媽都同時沉默了下來……」他們應該也是在捨不得老母真的老了，而且老得這麼快！

這樣想想……

「真的要感謝小弟弟這時候來到老大家！」這樣老大外公、外婆來住在老大家的這段期間，就可以從老母身上轉移一些注意力到小弟弟的身上，尤其是將擔心，捨不得老母變老的心情，轉成期待、興奮、迎接老大弟弟的到來。

「看到小弟弟的心情應該會變好吧！雖然小弟弟會突然哭，而且有時候哭久了就會變成大哭……」但是不可否認的，看著他喝奶奶、睡覺、打哈欠、很滿足的樣子，心情肯定會變好！

「對了！除了喝奶奶、睡覺以外……我覺得小弟弟最可愛的地方就是他的表情！」雖然他還不會講話，但他光是看東西的表情就很可愛！

「還有他的小臉、小手、小腳丫真的都好可愛喔！有時候看到小弟弟的小手伸到小床柵欄外面……哇！那個小手真的好可愛喔！」不誇張！

「還有，像是有時候老大一家人在餵小弟弟喝奶奶的時候，因為小弟弟的小腳腳會跑出包巾的外面，哇……那個小腳腳真的好可愛喔！好像假的喔！就像老大小時候玩的洋娃娃一樣！」真想一口給他咬下去！嘻嘻！

我想……

「小弟弟可愛的地方應該不只有我小黑這麼覺得吧！應該大家都這麼覺得吧！不然為何老大外公、外婆、老大爸爸、媽媽甚至老大一回到家的第一件事情除了趕快洗手之外，第二件事情就是趕緊去小弟弟的小床旁邊看小弟弟、跟小弟弟說話、跟小弟弟玩……一直到他們站累了為止、或是小弟弟睡著了為止！」真

的！老大一家人每天都這樣！不誇張！

　　「尤其是老大外公、外婆看到小弟弟時的那種笑容……」好像他們的兩隻眼睛都笑瞇成了一條線喔。

　　還有他們講到小弟弟時的那種帶點緊張、小心謹慎的口吻！像是「弟弟睡著了！噓！小聲一點！不要吵到他！讓他好好的睡！奶奶泡好了沒有？我來餵！我來餵！」沒想到老大外公、外婆也會搶著要餵小弟弟喝奶奶。

　　「所以住在老大家的這段時間……在這整個照顧小弟弟的過程裡面，希望老大外公、外婆可以暫時忘記老母變老的這件事吧！」真的希望可以！

　　「所以……小弟弟啊！真的要謝謝你這時候來到老大家啊！」你要健健康康、平平安安的長大喔！我們都愛你！

　　「老母也應該盡快來看小弟弟吧！看到小弟弟以後，老母應該會回想起老大小時候的樣子吧！說不定老母會變得更有活力喔！」那也說不定！

「老母啊！」

「有些話不知道能不能跟你說？」或是你可以猜到我在想什麼嗎？

「就是……老母啊！你一直是很有活力、也很有精神的！」我真的這麼覺得。

記得你曾經說過：「起床就是起床了！醒了就是醒了！不要因為沒有緊急要緊的事，就一直賴在溫暖的床舖上不起床；或是自以為老大一家人對你的愛永遠都不會改變，所以明明睡醒了卻還一直躺著，不起床……這樣躺久了，你只會讓自己變得懶、做什麼事都提不起勁，久了最後就是會連走路、喝水、吃飯都會嫌累！」

「所以像是這些你跟我說過的話……教我做的事我都記得！也很感謝！」真的！

「像現在我比較大了、可以好好和老大一家人生活、可以照顧他們一家人……這些都要謝謝你！但我還是希望你不要老得這麼快！」

雖然上次我們回老大外公、外婆家的時候，你好像安慰似的跟我說：「我大了！所以你也老了！本來就是很正常的事！」但我想要說的是「我還是很難過聽到你這麼說！因為我比較想要聽到你說的是……雖然你老了！但你還是會努力不讓自己老得這麼快！因為你也想多看看老大一家人和我！你也想多陪陪我們一會！所以你會更好好地照顧自己……」

　　因為「相信不論是我、老大一家人、或是老大外公、外婆……你都是我們永遠的寶貝！永遠都是！」

我們看見你

第8篇

「媽媽，這個週末我們有要去哪裡嗎？」老大爸爸才剛吃完晚飯，就好像想起什麼事似的問老大媽媽這個問題。

「嘻嘻嘻嘻，太好了！還沒有到週末，老大爸爸就已經開始在計劃這個週末要去哪裡玩了，嗯……肯定可以跑遠一點，太棒了！」我開始期待了。

「耶……不對……老大爸爸現在問，難道他這個週末有事？要加班嗎？所以週末只有老大媽媽可以帶我和老大下去玩？」這不會是真的吧？

「天啊！如果只有老大媽媽一個人的話，那我們肯定不會走很遠了！頂多就是在樓下晃一晃，再不然可能就是去菜市場買個菜、水果之類的！這樣就沒有什麼特別的啦！」我有點失望！

「真希望老大爸爸這個週末可以不要有事情，可以帶我們出去玩，不要只是在樓下或者是這附近晃一晃啦！樓下每天都有去，真的沒有什麼特別的……既然是週末，就應該去比較遠、比較不常去、要開車的地方啊！」是不是？

「嗚……」

「老大爸爸這個週末千萬不要有事情啦！」我有點想哀嚎。

「有啊！」

「我們不是要去參加女兒學校的校慶嗎？她還要上台表演呢！」老大媽媽邊收餐桌、邊往廚房走去。

「什麼？老大學校校慶是這個週末？」我嚇了一跳。

「呼！好險！老大媽媽還記得這件事！如果連她都忘了的話，那我們誰去給老大拍照錄影啊？」是不是？好險！好險！

「是喔？她要上台表演？我怎麼都沒聽到她在說呢？」聽老大爸爸這口氣，好像不太相信老大當天要上台表演似的。

「有啦！她有要上台表演啦！她有在排練耶！」老大媽媽說得有些無奈。

「嗯……」

「等她寫完功課出來再問她好了！她要表演什麼呢？」老大爸爸還是摸不清頭緒的樣子。

　　「我之前問她，她也說得不清楚，只說那天要上台表演，所以叫我們一定要去！老師也說她要上台，所以歡迎爸爸、媽媽參加。」看來老大媽媽也不是很清楚老大當天上台要表演什麼，只知道老大要上台而已。

　　「這不像老大啊！之前學校每次要辦什麼活動、要玩、要吃、還是要表演的，常常都會聽到老大在那邊一直講啊……怎麼這次這麼安靜呢？」難怪老大爸爸會不相信老大要上台。

　　「這個週末校慶你有要上台表演嗎？」老大爸爸看到老大終於從房間走出來，立刻放下手上正在看的報紙，很認真的問老大。

　　「嗯！對啊！所以我們不能遲到喔！反正你們那天就早點送我去學校啦！」老大好像對上台表演這個話題沒有很感興趣，想要趕快結束的樣子。

　　「怎麼啦？奇怪……要上台表演不是應該要很興奮嗎？」我有點不太清楚老大在想什麼耶。

　　「你要表演什麼？怎麼都沒有聽你在說？」老大爸爸看來還是很好奇。

　　「反正你們來了就可以看到啦！在台上打鼓啦！哎喲！等你和媽媽看到之後就知道了啦！」老大好像不想再講這個話題似的，話還沒有講完，就又轉身進她的房間去了！

　　「媽媽，那天記得要帶相機！電池也要充飽喔！」老大爸爸

看老大這樣子，應該知道沒辦法問更多的東西出來了，只好轉過身去提醒老大媽媽記得要帶相機。

終於到了週末！

「小黑！乖喔！你不能進去！我和媽媽先進去看老大表演，應該不會太久，等一下再出來找你喔！你不要到處亂跑！」老大爸爸要我在這根柱子旁邊等他們回來。

「汪！汪！」我叫了兩聲，老大爸爸好像知道我的意思之後，就轉身和老大媽媽進禮堂去了。

「你怎麼站在最後一排呢？」看來老大的表演結束了！所以老大爸爸、媽媽和老大終於從禮堂裡面出來了。

「是老師安排的啊！我也不知道！」老大一副回答得很不在乎的樣子。

「我和媽媽找你找了好久，才發現你站在最後一排……」老大爸爸一邊帶我們離開禮堂周圍一邊這麼說。

「咦？老大媽媽在做什麼？為什麼偷偷摸摸去推老大爸爸的胳臂呢？還一直眨眼睛、搖頭呢？」我覺得有點奇怪。

「噓！」

老大媽媽又對老大爸爸比了個不要說話的手勢；老大媽媽好像是在給老大爸爸打暗號，希望老大這時候可千萬不要回過頭來，免得老大媽媽會白忙一場。

「不知道老大媽媽為什麼不讓老大爸爸說話呢？」不過……老大爸爸就真的不再問下去了。

「後來這一路上,老大一家人都變得好安靜喔!」感覺周圍旁邊的人在離開學校的時候都很興奮,一直在講話,鬧哄哄的!和我們這邊形成了一個強烈的對比⋯⋯老大一家人中間只有幾次偶爾在互相對視時,老大爸爸和媽媽會互相看對方,但老大好像從學校到家裡的這一路上,話都不多,很安靜,頂多就是偶爾回過頭來看看我有沒有跟上。

「嗯⋯⋯老大這樣子真的很奇怪耶!是哪裡不舒服、不高興嗎?還是怎麼啦?難道老大媽媽要老大爸爸不要說話就是因為這個原因?」我搞不懂!

「因為老大很安靜?所以老大爸爸也不要說話?」老大媽媽是這個意思嗎?

「後來⋯⋯怎麼樣⋯⋯我也忘了!」反正我們還是在外面晃到天黑才回家。

「一回到家以後⋯⋯」

「老大完全不用老大爸媽提醒就立刻進浴室洗澡,洗完澡後就進房間說要睡覺了!」

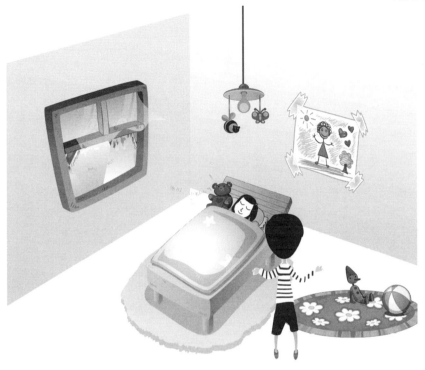

　　老大今天真的很反常耶！平常都要老大爸媽催著洗澡說，今天竟然自己說要洗澡？

　　老大一直到這時候感覺還是悶悶不樂。「我真的搞不懂耶……是誰惹她不高興了？還是她在為什麼事情不開心呢？」都這麼久了，到底是什麼事情啊？

　　老大媽媽這時候好像終於忍不住了，悄悄的走進老大的房間。

「怎麼了？還在不高興啊？」老大媽媽終於開口，要問老大今天到底怎麼了！

「沒有啊……我沒有不高興啊！」老大嘴裡雖然這麼說，但是就趴在她房間門口外面的我，根本就可以很清楚的感覺到她在說假話。

「你今天的表演很棒！我覺得你的鼓打得很好！」老大媽媽慢慢的說出她的想法。

老大還是低著頭不說話……突然「你和爸爸真的有看到我在打鼓嗎？我站那麼後面耶……」天啊！真感謝！老大終於願意聊為何她從早上到現在都表現得這麼奇怪的原因了！

「有啊！」

「怎麼沒有？我跟爸爸都有看到你啊！不然我們怎麼知道你鼓打得很好呢？是不是？」老大媽媽說得很理直氣壯。

「唉……真可惜我小黑不能進禮堂去看，不然我還真想要看看老大在台上表演的樣子呢！」真的好可惜喔！嗚……

「可是……我站那麼後面……」老大說得有點委屈。

　　「真的啊！爸爸、媽媽覺得你的鼓真的打得很好！我有注意
到你的拍子喔……你很專心的一直在看著前面老師的指揮啊，不
是嗎？爸爸、媽媽都有看到啊！」老大媽媽說得一副很以老大為
榮的樣子。

「咦？難道老大這陣子不太提校慶要上台表演的事……還有今天一整天，即使我們都已經在學校外面了，老大還是安靜到讓人以為她不在那裡的原因，是因為校慶表演的時候她站在最後面嗎？」真的是這樣嗎？

「這有這麼糟糕嗎？我倒要聽聽看老大的想法！」真的就只是因為站在最後面所以就不高興嗎？那我小黑怎麼辦？我常常都走在老大一家人的後面啊！

站在最後面……

「應該還好吧？」我想老大可能想太多了！

「這只是表演啊！站在前面、或是後面有什麼關係？況且站在後面，爸爸、媽媽還是看得到你啊！」老大媽媽可能是怕老大聽不懂、或是聽不清楚，所以又再說了一次。

「爸爸、媽媽知道你想表演打鼓給我們看……所以你希望可以站在前面一點，可是老師卻給你排在最後一排，所以你有點懊惱是不是？」老大媽媽在猜老大行為這麼反常的原因到底是為何。

「別生悶氣了！」

「爸爸、媽媽很高興你今天上台了！而且你的鼓真的打得
很好！要不是看到你今天的表演，我和爸爸還不知道你會打鼓
呢！」老大媽媽說得很認真。

「沒有啦！都是在學校練的啊！老師借我們鼓，說下課的
時候可以練習，所以最近下課有空就一直練啊……」真的太感謝

了！老大終於願意一次說那麼多的話，而且聽她的口氣，代表老大的心情已經好很多了！

「你已經很好了，好不好？爸爸、媽媽像你這個年紀的時候都還沒有上過台呢！一次都沒有耶……」怎麼搞的？怎麼連老大媽媽說起這些上台表演的事情也都這麼心酸呢？

「真的嗎？」

「你和爸爸真的從來都沒有上過台？」老大看起來很訝異。

「是啊！可能爸爸、媽媽那個年代不流行讓小朋友上台表演吧！哪像你們現在常常都有機會輪流上台表演！你已經比爸爸、媽媽那個時候要好很多了啦！至少你們老師還讓你上台呢！」老大媽媽說得有些心酸，但是很有道理耶！

「當然！媽媽不否認，如果你站在前面幾排，爸爸、媽媽是可以把你拍得更清楚一點，不過，沒關係啦！反正都是表演嘛！有上台就很棒了啊！」老大媽媽在說這句話的時候，好像是在幫老大做總結似的。

「你和爸爸真的覺得我很棒嗎？」老大小聲的問老大媽媽。

當然啦！

　　「不管你有沒有參加表演，是站在最前面還是最後面……我和你爸爸都很愛你！最重要的是我們覺得你有盡力在做一件事情，而且看你今天打鼓的樣子，爸爸、媽媽就知道你有好好在練習，而且應該練習很久了，所以才可以打得這麼好，這就很棒了，不是嗎？」

　　「咦？老大是在偷笑嗎？」我剛剛好像看到老大的嘴角在往上揚耶！「站在前面真的有這麼好嗎？」我到現在還在懷疑老大真的是為了這件事情而不開心嗎？「像我就最喜歡走在最後面啊！這樣老大一家人就不會一直看著我，而且我走在後面想做什麼就做什麼，想聞什麼就聞什麼……如果走在老大一家人前面的話，我根本就不會有這些自由了，好不好！」我真的不太了解老大在想什麼耶！「不管啦！反正我們都平安到家了！老大看起來也好一點了！今天就在這裡結束吧！」真高興老大媽媽終於讓老大說出心裡面的話了！所以「大家晚安囉！」呵呵。

　　我小黑要去睡了！

洗刷刷洗刷刷（上）

第9篇

「呼……跑步真舒服！我覺得每次跑個幾圈以後，我整個身體
　　變得更放鬆了！」

　　「小黑，你還要再跑一下嗎？」老大爸爸問我。

　　「嘻～嘻～嘻～嘻～當然要囉！」真高興老大爸爸還沒有要
回家的打算，願意在樓下等我，讓我再多跑一下。

　　「嗯……能出來透透氣、散個步、跑一下，真好！」我發自
內心真的這麼認為。

「我真的很珍惜可以在外面遛達的時間！畢竟我大多數的時間都得待在家裡等老大爸爸、媽媽下班、老大放學回家以後、或是週末他們不上班、不上學的時候才能帶我下來玩！」

「這個時間真的很寶貴！」不論我怎麼想，想了多少次，這個答案好像從來都沒有變過。

尤其是還可以讓我跑步的話……

「我真的不太喜歡一整天都窩在家裡耶！除非是下雨天……外面滴滴答答的，那種天氣出去一定會被淋濕的！但是如果是好天氣的話……哇！那我可真的想要出去好好曬曬太陽了！」

不是我不喜歡老大家！「只是因為老大家就是那個樣子啊！每天都在看！」沒有什麼好不好的！反正看來看去都一樣……只是在家裡只能坐著、躺著、走走路而已……根本就不能跑步啊！「所以如果一整天這樣下來，感覺我的身體都快要捲起來了！真的！不誇張！」

「不趁現在趕快動一動怎麼行呢？太可惜了！都出來了說……」我得趁老大爸爸還沒有要回家之前再多跑個幾圈！

　　「回家前也順便來幾個超級大的伸懶腰吧！」用這種方式結束今天在外面的遛達真好！

　　「嗯……嗯……真舒服！」我很喜歡這種感覺。

　　「我發現每次跑完步以後，不只身體放鬆了，更重要的是連整個心情也跟著變平靜了！呵呵！不知道是不是因為流了一些汗，所以感覺身體也變輕了呢？」呵呵……我真的好喜歡跑完步的感覺喔！

其實不只是跑步……

　　「像我發現如果週末老大爸爸、媽媽要帶我們出門……不管是去跑步，還是只是去公園或其他地方到處晃晃，我都覺得很好！」可能是因為看了和平常不一樣的風景，所以有新鮮感吧！還是因為去比家裡更寬、更大的地方，所以心也跟著變得更寬、更大了？或是呼吸到的空氣和平常的不一樣，所以心情整個變開心了？因為在出門的前一個晚上開始有了期待，所以第二天一早起來心情特別好？還是因為可以和老大全家人一起出門，聽他們聊聊天、說說笑笑的，所以我整個就放鬆了起來呢？

　　「嗯！我也不知道是哪個原因引起的？不過，說不定所有的原因都各佔一點吧！」嗯……有可能。

　　「也可能是大部分的時間，都只有我自己一個在家！而平日從老大一家人回到家，到他們上床之前……其實他們每個人都有想做和該做的事情！」所以在時間的壓力下，他們彼此能夠好好聊天、說說笑笑的時間其實是很有限的！

　　不像週末那樣……因為不用擔心睡覺、起床的時間，所以可以聊得比較久、聊得比較盡興！

「嗯⋯⋯」

「不知道是哪個原因？反正週末可以出去的話，光是從家裡出發到去目的地的這一路上，我就覺得我整個已經放鬆到不行了！」真的很棒！

「沒想到只是跑步、週末出去晃一晃而已⋯⋯對我而言就有這麼大的功效！可以讓我一整個悶塞的情緒得到放鬆，心情也跟著平靜下來！」那不曉得對老大爸爸、媽媽、還有老大而言⋯⋯可以讓他們放鬆、平靜下來的事情是什麼呢？

記得老大爸爸曾經說過：「煮東西可以讓我放鬆！」

「所以每次看老大爸爸在進廚房前，總是俐落地先將兩隻袖子捲起來、洗好手、整個大動作的把櫥櫃內的鍋子、炒菜鍋、拿出來好像就定位似的，先把它們放在瓦斯爐上面，再把要煮的東西一樣一樣的從冰箱裡面拿出來⋯⋯」

做完這些步驟之後呢？再前後來回掃描一下放在琉璃台上面的食物，最後好像終於下定決心似的⋯⋯在大大的吐了一口氣之後，就開始動手要煮東西了！

至於老大爸爸喜歡煮什麼呢？

「老大爸爸喜歡吃麵，所以喜歡煮麵！」這很合理吧！

他說：「一來麵有湯可以喝，二來煮麵很快，只要把所有的材料事先準備好，到時整個丟進麵裡再加些調味料，過一會兒就煮好了！」可以說是既好吃、又方便快速！

不過「當老大爸爸在廚房煮東西的時候……我即使再怎麼好奇，最好都不要踏進廚房一步喔！」

「我可是會看臉色的！」不是我小黑自誇！

「因為老大爸爸這時候不知道怎麼搞的？」每次只要他人一進了廚房，從準備煮東西開始吧！就好像變了個人似的！情緒、脾氣一下子來得又快、又大！

這是什麼意思呢？

「就是這時候不管是誰、要做什麼，最好都不要踏進廚房一步……」免得好像會嚴重妨礙到老大爸爸拿醬料的手，或是讓拿在老大爸爸手上的那個鍋鏟沒辦法好好的活動自如似的！

所以「一定要給老大爸爸的手、身體附近、四周圍的環境留下一大片的空間！」絕對不能讓老大爸爸有一絲絲、一丁點擁擠

的感覺……覺得他的手好像沒有地方可以伸展、或是好像他的手沒辦法好好地、使勁地、盡情地使用鍋鏟、或是阻礙老大爸爸身體的移動……

「反正一句話！」

「絕不能防礙到老大爸爸就是了！」不然保證你當下就會聽到一連串不像是從平日溫和的老大爸爸口中所講出來的話……是又快、又急躁、又沒有耐性的叫你趕快離開廚房！

「出去！出去！不要在這裡礙手礙腳的！」老大爸爸肯定會這樣叫著。

所以我說……這時候最保險的做法就是「不要進廚房」就對了！

「反正這時候的老大爸爸很難和平日帶我下樓、週末帶我們全家出門的那個老大爸爸劃上等號……」這時候的老大爸爸只能說是「上火版」的老大爸爸。

可是奇妙的地方來了⋯⋯

「只要老大爸爸一關上瓦斯，從廚房走出來的那一刻起⋯⋯」原先在老大爸爸臉上突起、緊繃的線條竟然立刻就變得柔和起來了！

「真的！」

「不只是臉部的線條而已喔！說話速度都整個放慢！連聲音語調都變得和平常一樣！只能說我們熟悉的老大爸爸又回來了！」

「耶！」

所以「老大爸爸雖然說他煮東西的時候最放鬆，但我看起來老大爸爸應該是煮完東西會更加放鬆吧！」嘻嘻⋯⋯是不是？

還有，老大爸爸也說過：「我喜歡看書！因為看書的時候可以讓我心情平靜！」

反正從吃完晚飯、到洗澡、上床睡覺的這段時間內⋯⋯老大爸爸很喜歡自己一個人窩在房間裡面看書！常常要不是老大媽媽進去房間裡面提醒老大爸爸一、兩次說：「要洗澡睡覺了！」我想老大爸爸真的會　直看書看下去！真的！好像忘了時間一樣！

　　「感覺老大爸爸這時候整個人像是和周圍環境分開來……好像沒有任何事情或是任何聲音可以打斷、影響老大爸爸繼續看書下去的心情！」好像整個家裡面這時候只有老大爸爸一個人在家似的……

　　所以即使老大媽媽已經進房間好幾次去提醒說要「洗澡睡覺了！」但是老大爸爸也不會立刻就把書給收起來！

「要等到老大爸爸看到一個段落以後⋯⋯」他好像還不是很滿意、但是可以勉強接受的情況下，才會終於把書很小心、很仔細地用個小書籤把頁數給隔開來、再把書給闔上！然後臉上帶著平靜、淺淺卻滿足的笑容，去做他接下來要做的事。

我想⋯⋯

　　「老大爸爸是喜歡看書時的那種感覺吧！」因為這期間老大家裡都很安靜！除了中間有幾次老大會進房間去問老大爸爸功課之外，基本上老大家裡是很安靜的！

　　至於能讓老大媽媽放鬆、平靜的事情有那些呢？

　　我發現「老大媽媽好像很喜歡洗碗，或者說是洗完碗的感覺。」

　　真的！這可以從以下每大晚上幾乎都會在老大家出現的對話就可以猜到這件事情。

「爸爸，媽媽呢？」

　　「老大看起來像是寫完功課了！」從她的房間慢慢走出來。

「在廚房洗碗啊！」老大爸爸說。

「真的！如果沒有出門或是朋友來家裡玩的話……」通常吃完晚飯以後，老大就會回房間把還沒有寫完的功課寫完，老大爸爸則是進房間看書；老大媽媽肯定會進廚房去洗碗。

所以我才會猜「老大媽媽好像很喜歡洗碗……」

事實上，老大媽媽從下班回家以後到吃晚飯的這段時間，好像都在趕時間似的，講話、走路速度都很快！尤其在她吃完晚飯或是看老大爸爸、老大吃得差不多的時候，老大媽媽好像會有點像是在趕人似的接連問老大爸爸、老大說：「吃完了嗎？」、

「吃完可以起來了！」、「我要整理餐桌了！」……然後不一會兒，就會看到老大媽媽進廚房洗碗去了！

「老大媽媽喜歡在洗碗的時候周圍都安安靜靜的！她還喜歡在洗完碗之後……把連同瓦斯爐附近、琉璃台上面，還有周圍的牆壁磁磚一併給擦乾淨！」等到所有地方都看不到任何水滴、油、菜屑以後，老大媽媽好像這才會滿意似的把抹布給搓洗乾淨，然後攤開來平放在琉璃台上面！

她說：「這樣抹布會比較快乾！」

所以我想老大媽媽「不只是喜歡洗完碗的感覺，她也喜歡把廚房擦得乾乾淨淨、亮晶晶的感覺……」尤其是看到整個瓦斯爐、琉璃台上面沒有任何水滴、廚房地板上沒有任何菜渣或是毛屑、頭髮！老大媽媽在做完這些一踏出廚房的時候「會先大大的吐了一口長氣，接著臉上掛著滿意的笑容。最後她連講話、走路的速度都比跟在洗碗前慢了很多、很多……好像是因為她終於把廚房給洗、刷整理乾淨了吧！還有餐桌、碗也洗好、擦好、收好了！所以心情似乎也跟著平靜下來了！」

待續……

洗刷刷洗刷刷（下）

第 10 篇

那老大呢？能讓老大放鬆、平靜的事情有那些呢？老大通常放學一回到家的第一件事情就是先洗手、換衣服，然後立刻打開電視看卡通！當然在看卡通這期間，也會趁著電視播廣告的時候，在家裡走來走去……「一下子去拿水、一下子又開冰箱拿點心；一下子進去房間拿東西、一下子又去翻翻書包；一下子梳頭髮、一下子又跟老大爸媽講今天在學校發生的事……忙得很！」

等到拉哩拉雜做了好多事情以後，這時候的老大好像還沒有靜下來的感覺，只有在看卡通的時候，她才會稍微專心地坐在沙發上一會兒！然後隨著事情好像都做得差不多了，「老大才會坐在沙發上，一動也不動⋯⋯一直到要吃晚飯或是洗澡，屁股才會離開沙發！」

這時離開沙發的老大⋯⋯感覺比較平靜下來了！也不會再一直走來走去、或是跳來跳去了⋯⋯「一直到她吃完晚飯、寫完功課出來，老大整個人這時候好像就已經是平靜到不行了！」

她會進老大爸媽房間，「安靜的坐在椅子上，陪老大爸爸看一會的書⋯⋯或是到客廳、安靜的坐在沙發上，陪老大媽媽看一會的電視⋯⋯然後好像是看時間差不多了，她就會回房間去睡覺了！」

所以老大好像是藉由「看卡通、還有寫功課讓她整個放鬆、平靜！」

對了！

「老大一家人好像都很需要⋯⋯可以讓自己安靜的空間！」

像老大是在她自己的房間，老大爸爸是在臥房，而老大媽媽則是在客廳！

　　至於這期間……我可以做什麼呢？「反正老大一家人都在做自己的事！」所以不論我走到哪、逛到哪，只要我保持安靜，基本上我想去哪陪誰都可以，他們也不會不喜歡我的陪伴！

　　所以呢？「這時候的老大家……好像一整個家都已經安靜下來了！」不像大家剛回到家時那樣的鬧哄哄、一下子說話的聲音、一下子電視的聲音、一下子又是洗澡的聲音，有時還會穿插講電話的聲音……那時說話的聲音幾乎都是高亢、急促、不斷的從家裡不同的角落出現，或是聽到快速走路、腳步的聲音！

「咦？」

「對了！難道王媽媽是利用一直不停的講話，來讓自己放鬆、平靜嗎？」

「嗯……現在這樣一想，是有這個可能喔！」

因為「王媽媽個性活潑、喜歡和人講話互動，所以每天幾乎都會和鄰居聊天，而且一聊就是聊很久、很久……」反正只要是從門外樓梯間傳來說話的聲音，其中一個聲音幾乎可以很肯定的就是王媽媽的聲音。

「王媽媽真的很厲害耶！」

「她怎麼會知道那麼多東西，可以有這麼多不同的話題呢？從天氣、交通、房子、食物到我們這個附近的公園……她真的什麼事情都可以聊耶！」

真的！就隨便問她一個問題好了！「她可以很快就給你很多不同的解決辦法喔！」難怪老大家這附近的鄰居也都喜歡找王媽媽聊天，或是問她問題！

但是「因為之前一直以為王媽媽和我一樣！都是沒有什麼事情需要緊急去做，或是有什麼事情非要趕快去處理的，完全是為了打發時間所以才和鄰居聊天……不然她怎麼會有那麼多的時間，一直和人講話呢？難道她都沒有事情要做了嗎？」

但是現在想想……

「王媽媽會這樣頻繁的和人說話，會不會有可能也是為了讓自己放鬆、平靜下來呢？」

因為王媽媽「從每次一開始的聲音響亮、說話快速，到講了一陣子以後，除了聲音變得比較小聲以外……速度也放慢下來了！」到最後不知道是因為沒有人可以講了？還是王媽媽真的講累了？講完了？放鬆了？平靜了？所以王媽媽就回家去了！

　　是不是「就像我跑步一樣？」跑完了、累了、放鬆了就回家了？所以這或許是王媽媽讓自己放鬆、平靜下來的方法？

　　對了！「讓我想想！還有哪些方法可以放鬆、平靜下來呢？」哈哈！我想到阿德的方法了！

　　之前記得牠曾經說過：「只要我覺得心情不好、心裡面亂糟糟的、很浮躁、腦袋很重的時候，我都會回去好好睡個大覺！」

「怎麼個睡法呢？」

　　「就是即使聽到任何在叫我的聲音，我都不會睜開眼睛，甚至不會動一下！」我就是一路閉著眼睛睡覺……一直到我覺得真的是睡夠了！再起來！

　　「至於這中間……如果主人已經幫我準備好飯了！我也無所謂！」我就是繼續睡、一直睡、一直睡……反正就是等到我整個自然睡醒、睡很飽起來再吃也可以！反正就是「睡覺第一啦！」

嗯……

　　可能對阿德而言「睡眠不中斷真的是一件很重要的事！」因為之前就有幾次在樓下遇到阿德的時候，如果看到牠的臉色不太好、沒有什麼精神、走路不太穩、不太有力氣、也跑不快的話……問牠的結果通常都是因為牠昨天晚上起來了幾次，沒有睡好，所以整個身體都是暈暈、愛睏愛睏的！

　　通常這時候的阿德也會接著說：「等會晚點回去……我一定要好好睡個覺！不然接下來的情況只會更糟、不會變得更好！」

　　「嗯嗯……一直睡。」這就是阿德的方法。

　　所以睡下去的阿德是完全不會管任何事情的……聽阿德說：「我這個方法真的很不錯！因為每次只要我一睡醒，整個身體都是輕飄飄的，腦袋也是呆呆、空空的，好像所有的事情都忘記了！」

　　「還有！還有！」小白用的方法不知道是聰明還是奇怪。

「就是平常小白是很挑嘴的！」

　　可是當牠心情不是很好的時候，小白會特別大力的吃呀、啃呀、咬的！不只是對王媽媽為牠準備的食物而已喔！

　　牠如果有出來散步的話……「只要看牠一直低著頭、莫名其妙的猛聞著地上一些不知道是什麼的東西，然後又猛往嘴巴裡面塞呀、咬呀，然後又像是吃到什麼很奇怪的東西似的……會特別停下腳步來把嘴巴裡面剛剛吃到的東西給一次全部吐掉！」

　　從牠這些和平常很不一樣的行為就可以猜到……小白「一定

是心情沒有很好！」，大概又會聽到王媽媽抱怨小白「咬壞了王伯伯或是王姊姊的鞋子」了！

　　反正小白就是好像利用咬東西這件事情來讓牠放鬆、平靜似的！「好像牠每咬一口東西，就可以讓牠的心情愈來越平靜！」

　　也不知道小白這樣亂咬、亂吃的結果到最後有沒有吐？或是身體有沒有不舒服的地方？「反正牠就是這樣亂咬、亂吃，過後沒幾天……等到下次再見到小白的時候，感覺牠又變得比較像是平常認識的牠了！」

　　「嗯……」說了這麼多可以放鬆、平靜的方法，我也該讓我自己放鬆一下了！

　　「不要想了……不要想了……」

《小黑，踏出你的第一步》

楊松齡 教授

（前國立政治大學特聘教授社會科學學院院長）

「**螞**蟻們能順利地找到回家的路嗎？」家賓藉由小黑所描述的情境，一下子勾出了我童年時的遐想，少不更事的幼稚心靈，突然又湧現在腦海中。咦！這不就是我國小一、二年級，無聊時（做完了功課，又一下子找不到玩伴）蹲在地上或站在櫥具旁，凝視螞蟻的心境嗎？看著排成一列的螞蟻，井然有序地前進，當和前方螞蟻碰頭時，雙方觸鬚相互交錯、盤繞後，再分開各自前行，心裡總想著：「牠們的語言是甚麼？說了些甚麼？我若有靈通知道，那該有多好！」

「螞蟻應該是最常遇到分離的東西了！」小時候也常常差一點就要把群聚在冷水壺裡的螞蟻群給喝了。

當遇到此種情況時，總是把整壺水往陰溝裡倒，把整群螞蟻給沖走。有時候會想，牠們會不會像魯賓遜一樣，漂流到荒島探險去了？

哇！這是我們小男生最喜歡的探險記啊！太棒了！但是有時候也會想，他們的爸爸、媽媽找不到了，會多麼擔心！所以有時候，只把牠們倒到泥土地上，再看牠們如何回家。

當然，還有許多心中的疑惑，隱藏多年後，看了家賓的文章，終於得到紓解！

「如果最左邊的葡萄想看最右邊的風景也不行，最右邊的葡萄想跟最左邊的葡萄講話也不方便！」、「因為打從一出生開始，它們的位置就被固定了！」小黑對葡萄的想法，也引出了童年時對植物的憧憬。

每天的升旗或降旗典禮，總是希望能成為升旗台兩旁不知名的樹，該有多好！

尤其是當校長或訓導主任，忘情地講說大道理，或點名整

潔、秩序欠佳的班級時，當雙腿站得又酸又麻時，真羨慕旗台兩旁的樹，可以直挺挺地站著，腳不會酸麻！

同時，也沒有耳朵，可以「耳根清靜」該有多好，哈哈！

另外，小黑對小白尿尿的說法，也有不一樣的想法。小時候，家裡也養了小狗，很羨慕小狗可以到處遊晃，想尿就尿，自由自在。不像我們必須被限制得規規矩矩，端坐在椅子上聽課，有時候憋不住尿時，不敢舉手向老師說（當時老師很有威嚴的咧），又怕被同學取笑，常常憋得兩腿發抖，有些同學因而尿濕了褲子。

所以小狗可以想尿就尿，是值得羨慕的，不是嗎？

謝謝家賓要我寫些感言，讓我有機會脫離了被羈束將近四十年的專業，得以拜讀並回味這充滿溫馨、童稚的生活點滴。童年的情境，似遠似近！

國家圖書館出版品預行編目（CIP）資料

小黑五部曲之小黑，大步向前走！／馮家賓作.
-- 初版 .-- 臺北市：時兆，2018.1
面；　　公分
ISBN 978-986-6314-74-2（平裝）

859.6　　　　　　　　106015470

小黑五部曲
之
小黑，
大步向前走！

作　　　者　　馮家賓

董 事 長　　金時英
發 行 人　　周英弼
出 版 者　　時兆出版社
客服專線　　0800-777-798（限台灣地區）
電　　話　　886-2-27726420
傳　　真　　886-2-27401448
地　　址　　台灣台北市105松山區八德路2段410巷5弄1號2樓
官　　網　　http://www.stpa.org
電　　郵　　stpa@ms22.hinet.net

封面設計　　時兆設計中心、林俊良
美術編輯　　時兆設計中心、林俊良
法律顧問　　宏鑑法律事務所　電話：886-2-27150270

商業書店　　總經銷 聯合發行股份有限公司 TEL.886-2-29178022
基督教書房　　基石音樂有限公司　TEL.886-2-29625951
網路商店　　http://www.pcstore.com.tw/stpa
電子書店　　http://www.pubu.com.tw/store/12072

I S B N　　978-986-6314-74-2
定　　價　　新台幣180元
出版日期　　2018年1月　初版1刷